「ああ疲れた」
普段綺麗に整えられた髪を乱し、
膝の上で仰向けになっている。
恥ずかしすぎて
下を向けなくなった。
一緒に食事をする時間は増えたが、
こんな風にすぐ近くにクラウスを感じるのは本当に久しぶりだ。
不思議と初めてこの屋敷に来た時より、クラウスに対してドキドキする。
さっきまで塞ぐような気持ちだったというのに、
頭が真っ白になって何も考えられなくなってしまった。

クラウス・シュトラウス・アスガル
アビゲイル・スタンフォード

ヘンリー・ラザフォード
メイリン
バーバラ・ラザフォード

Contents

第一章　二人と一匹の来訪者　008
第二章　天使と悪魔　050
第三章　疑念　085
第四章　旦那様のご友人　134
第五章　向かい合う過去　166
第六章　婚礼の日　192
エピローグ　209

［著］――柏てん
［Illust.］――カズアキ
婚約破棄の十九年後
～不遇の娘は冷血公爵の心を溶かす～

天は善悪の境を持たず
神は朝に生まれ夕に死にゆく
天使は悪魔より出で

悪魔は天使より生まれた
我らが祖は天より遣わされ
悪魔として人を統べる王となった

創リエンの書　序文

第一章　二人と一匹の来訪者

目が覚めて、いつも最初にほっとする。

なぜかといえば、まだこの夢は醒《さ》めていないと確認できるからだ。

「おはようございますアビゲイル様！」

まるで私がいつ起きるのか分かっていたかのように、満面の笑みを浮かべたメイリンが部屋に入ってきた。

メイリンは私が公爵家に来てからずっと世話をしてくれている人で、今では正式に私付きの侍女《じじょ》だ。

「おはよう。メイリン」

彼女は私が顔を洗うための水を用意してくれていて、すぐに身支度を整えることができた。

メイリンは手先が器用なので、てきぱきと私の髪を整え結い上げてくれる。

それを見るたびに、本当にすごいと感心してしまう。私も母の身支度を手伝うことはあったけれど、彼女のようにするのはとても無理だ。

メイリンは謙遜《けんそん》するけれど、やっぱり見よう見まねで家事の真似事をしていた私と、公爵家に雇われるような使用人では技量に大きな差があるのだなと感じた。

明るくて優しくて、よく気が付くメイリンのことを、私は尊敬している。

身に纏《まと》うのは黒いドレスだ。昨年母が亡くなったので、以来服喪の期間が続いている。初めは恐ろしいと感じた黒いドレスも、すっかり体に馴染《なじ》んでいた。今ではこちらの方が居心地がいいくらいだ。

身支度が済むと、メイリンに付き添ってもらい食堂へと向かった。

食堂では公爵家の当主であるクラウスが待ち受けていて、私に気づくと開いていた新聞をとじて小さく笑った。

「おはよう。私のアビー」

本当におかしな話なのだけれど、クラウスに愛称で呼ばれるといつもそわそわと落ち着かない気持ちになる。

公爵家で暮らし始めてもうすぐ一年。

とっくに慣れてもいい頃合いのはずなのに、どうして慣れないのだろう。

多分それは私の名を呼ぶクラウスの声が、甘く感じるせいだ。とびきり甘い砂糖菓子のようで、もっと普通に呼んでくれたらいいのにと思う。

でも素っ気なく呼ばれたら悲しいので、やめてほしいとも言えずなかなかに複雑なのだった。

「おはようございます。クラウス様」

席につくと、別の使用人によって素早く食事の用意が整えられる。

私は朝からあまり食べられないので、基本的にフルーツだけのことが多い。

それだけでも十分すぎるほどだが、クラウスはもっと食べさせたいのか隙《すき》を見ては自分が食べている料理を勧めてくる。

「アビー、パンはどうだ？　柔らかいぞ」

「ええと……」

「このソースは絶品だ！　一口だけでもどうだ？」

「おいしそうですね」

「じゃあ……」

「あまり無理強《じ》いはいけませんよ。旦那様《だんな》」

苦言を呈したのは家令のロビンだ。

長年アスガル公爵家に仕えている人物で、同時に私の行儀見習いの先生でもある。

「女性であれば朝からフルーツだけでも問題ないと、お医者様に言われたではありませんか」

クラウスがこんなにも料理を勧めてくるのには、理由がある。

それは私がこの家に来たばかりの頃、ガリガリに痩《や》せて碌《ろく》に食べることもできなかったせいだ。

公爵家で暮らしたこの一年で、身長も伸びたし鏡に映る姿も大きく変わった。

「それはそうだが……」

クラウスは残念そうに表情を曇らせる。

彼が望むのなら無理をしてでも食べた方がとは思うのだが、以前それをして朝から具合が悪くなってしまい、しばらく寝込んで迷惑をかけたことがあるのだ。

その時クラウスはロビンに、そして私はメイリンに、たっぷりお説教を受けた。

特にメイリンからは、なんでも旦那様の言うことを鵜呑《うの》みにしてはだめだと涙交じりに訴えられ、以来私も気を付けるようにしている。

ただ、ずっと誰かの言いなりの人生だったので、これがなかなかに難しい。

今は自分で考えて判断できるよう訓練している最中だ。

「そういえば、結婚式についてなのだが」

思い出したように、クラウスが話を切り出した。

「はい」

「もうすぐ君の母君の喪が明ける。夏の挙式を予定しているが、今からでも何か希望はあるか？」

いよいよ結婚するのかと、甘酸っぱい果実を咀嚼《そしゃく》しながら感慨深く思った。

はじめ、私が結婚するなどとても現実のこととは思えなかった。

それも相手が由緒正しいアスガル公爵家の当主、クラウス・シュトラウス・アスガルだなんて。

まず身分からして違うのだ。同じ貴族とはいっても、クラウスは王家と血縁を持つ由緒正しい貴族であり、私は没落した伯爵家の娘だ。

若いといえば若いが特に容姿がすぐれているということもなく、クラウスにはなんの利にもならない結婚だと思っていた。

事情が変わったのは、クラウスの実の姉である王妃イライザに悪魔が憑《つ》いていると判明したためだ。

つい最近まで私も知らなかったのだが、実家であるスタンフォード家の先祖の中に、かつて悪魔を追い払ったという聖女がいたらしい。

私はその血によってイライザに憑いた悪魔を祓《はら》うことに成功した。こうして改めて思い返してみても、まるでおとぎ話のように荒唐無稽《こうとうむけい》な話だ。

混乱を避けるためにこの事件は世間に伏せられているものの、当事者である王家や公爵家の人間は当然事態を把握している。

父の婚約破棄の原因となった不義の子から一転して、私は悪魔を祓うことのできる聖女ということになった。

人生というのは本当に、何が起こるか分からないものだ。

なのでいくら身分の差があろうが、聖女であれば王位継承権を持つクラウスの妻としても問題ないという結論に落ち着いたらしい。

それどころか王太子であるレオナルドに求婚されたのは、予想外の出来事というほかなかった。

軽口の類《たぐい》だとは思うが、随分《ずいぶん》と質《たち》の悪い冗談だ。

そしてそのせいかどうか分からないが、以来王太子であるレオナルドとは会っていない。

そもそも一貴族の娘にすぎない私が、王太子と顔を合わせること自体異例ではあるのだが。

「――ル様」

考え事をしていた私は、その声に反応するのが遅れた。

「アビゲイル様！」

強い口調で呼ばれ、ようやくそれが己の名前だと知覚する。

「は、はい！」

私を呼んでいたのはロビンだった。

以前より棘《とげ》はなくなったものの、厳格な老人の顔つきは鋭い。

「上の空のようですな」

「おい」

ロビンの言葉をクラウスが窘《たしな》める。

だが、ロビンは私のマナーの先生でもある。食事の席で名前を呼ばれて返事をしなかったのは完全にこちらの失態だ。

「ごめんなさい。考え事をしていて……」

素直に理由を話すと、対面に座るクラウスの顔が曇った。

「何か心配事があるのか？」

「違うのです。未だになんだか……夢の中にいるようで」

寝ても覚めても、夢の中にいるような心地なのだ。

ふわふわと現実感がなく、いつこの日常が奪われるのかと考えると不安なのだ。

そんな私の不安を払《ふっ》しょくするように、クラウスは優しい笑みを見せた。

「結婚式が済めば、実感も湧いてくるだろう。これからはずっと、公爵家の人間として生きていくのだ」

否はない。

むしろ幸せすぎるほど幸せで、だからこそ不安になってしまうのだ。


それからしばらくして、新たな出会いがあった。

今でも続いているロビンの授業に、新たな参加者が加わったのだ。

「アビゲイル様。こちらラザフォード侯爵夫人バーバラ様です」

ロビンが連れてきたのは、侯爵夫人とはいうものの私とそう年の変わらない少女だった。淡い金髪と、空色の瞳をもつ大変に美しい少女だ。

彼女は優雅に腰を折ると、見事なカーテシーを披露した。

「はじめまして、アビゲイル様。バーバラでございます」

私は慌《あわ》ててしまった。

クラウスの婚約者であるものの、私の立場はまだ伯爵令嬢にすぎない。なのに侯爵家の夫人に先に名前を名乗らせてしまった。

普通は身分の低い者が先に名乗るのが礼儀だというのに、だ。

私は内心の焦りをおさえ、立ち上がってバーバラにお辞儀を返した。

「はじめまして。アビゲイル・スタンフォードと申します」

結婚式がまだなので、私の姓もまた伯爵家のままだ。

私の名前を聞いて、バーバラは驚いたように目を見開いた——ように見えた。

「まあ、あなたスタンフォードと仰《おつしや》るの?」

「は、はい」

嫌がられるかと思ったが、そんなことはなかった。

バーバラはまるで咲初《ぞ》めの花のように可憐《かれん》にほほ笑むと、私に向かって柔らかい声で言った。

「私、年の近いお友達ってほとんどいないの。仲良くしてくださると嬉《うれ》しいわ」

そう言って差し出された手は、ほっそりとしていて傷一つなく滑らかだった。

年が近いどころか友人など一人もいない私は、おずおずとその手を握り返す。

聖女というならば、彼女の方がそうではないのか。

だって絵本に出てくる天使そのものだもの。


バーバラが公爵家にやってきた理由は、彼女の夫であるラザフォード侯爵に起因する。

病に倒れたラザフォード侯爵は、医者の勧めで王都を離れ今は遠方の療養地にいるのだそうだ。

その際、残される新妻を不憫《ふびん》に思い、旧知の仲であるクラウスに身柄を預けた。

「アビーにとっても、いい勉強になるはずだ」

久しぶりにお茶の時間を共にしつつ、クラウスはくつろいだ様子でそう言った。

確かに、私には年の近い貴族の知り合いが一人もいない。いたとしても、かつて意地悪を言われた相手だったり、とても友好的な関係ではないのだ。

なので勉強になるというクラウスの言葉は、確かにその通りだった。

「あの」

おずおずと口を開くと、私の言葉を待つようにクラウスがじっとこちらを見てきた。

「お友達に、なれるでしょうか？」

友達という存在がどんなものなのか、私は知識でしか知らない。

今でこそ侍女のメイリンとはかなり気負わず喋《しゃべ》れるようになっているけれど、友達かと言われると難しいところだ。

なにせ彼女は使用人で、仕事として私のお世話をしてくれている相手だからだ。

友達というのはそういった利害関係なしでお互いを助け合ったりするものらしい。

それも本から得た知識でしかなく、私は本当の友達というのがどういうものなのか分からない。

だからこそ、バーバラと友達になれればいいなと思う。

私の言葉にクラウスは少し驚いたような顔をした後、とびきり優しい顔になった。

彼は大きな手のひらで私の頭を優しく撫《な》でると、言った。

「なれるさ。きっと」

クラウスに言われると、本当になれるような気がしてくるから不思議だ。

私の中に、小さな勇気が生まれた。それは本当に小さくて頼りない光だけど、私一人では決して持つことのできない強さだった。


バーバラは重いため息をついた。

アスガル公爵家が用意してくれた部屋は眺望のいい屋敷の西側で、広さも十分にある。部屋に置かれた調度品も、流石《さすが》公爵家と唸《うな》ってしまうような見事な品々だ。

なのにどうしてため息をついてしまうのかというと、それは我が身の境遇に関係していた。

「旦那様……今頃どうしていらっしゃるかしら」

想うのは、療養のため遠方へ旅立った夫、ヘンリーのことだ。

結婚してから日が浅く、まだ同衾《どうきん》したこともない。バーバラの結婚はいわゆる白い結婚だった。

けれど物心つく前に婚約し、侯爵は長年婚約者として過ごしてきた相手でもある。

夫婦としてよりも長年身近で過ごしてきた家族として、バーバラは夫のことを心配していた。

だが、不機嫌そうにその様子を眺める人物が一人。

「お嬢様。もっとしっかりなさってください」

声をかけられたバーバラは、気鬱《きうつ》そうにゆっくりと振り返る。

主人であるバーバラに棘のある言葉を投げたのは、結婚前から仕えている侍女のフィオメラだった。

「フィオメラ。もうお嬢様って呼ぶのはやめてって言ったじゃない」

バーバラは既《すで》に人妻だ。いつまでもお嬢様扱いでは困るのである。

「いいえ。お嬢様はお嬢様です。そもそも、お父上もお母上もラザフォード侯爵との結婚には反対していらっしゃったじゃないですか。それを先代様が勝手に……」

実はバーバラの両親は、体の弱いラザフォード侯爵との結婚に難色を示していた。

しかしラザフォード侯爵との婚約を決めたバーバラの祖父が、自分が死ぬ前にと孫娘の結婚を強行したのだ。

幼少の頃からバーバラに仕えていたフィオメラは、バーバラの両親の意向を受け未だに結婚に否定的な態度を崩さなかった。

「今回アスガル公爵家に滞在が決まったのも、偏《ひとえ》にお父上の頑張りがあってこそです。クラウス様は貴族の独身男性の中でも将来を嘱望《しょくぼう》されるお方」

「だからなに？　まさか、お父様は私とクラウス様を結婚させようというの？」

「まさかではありません。バーバラ様の美貌《びぼう》をもってすれば、簡単なこと」

バーバラは動揺し、立ち上がる。

「ふざけないで！　私は結婚しているし、クラウス様にはアビゲイル様という婚約者がいらっしゃるのよ!?」

しかしバーバラが大声を上げようと、フィオメラは一向に怯《ひる》まない。

それどころか、まるで聞き分けの悪い子供に言い聞かせるかの如《ごと》く優しい表情で言うのだ。

「バーバラ様。アビゲイル様は伯爵家とは名ばかりの、没落貴族のお方。お二人の婚約はアビゲイル様のご実家であるスタンフォード伯爵家への援助のための、名目上の婚約にすぎません」

「だからって……」

女性に人気のあるアスガル公爵クラウスが、なぜか結婚に後ろ向きであるというのは社交界でも有名な話だった。

そのクラウスが一回りも年下の娘と婚約したのだ。しばらく社交界はその話題で持ちきりだったし、バーバラも当然その話は聞き及んでいた。

相手のアビゲイルは怪しげな術でクラウスを籠絡《ろうらく》したとか、聖女の如き美貌の持ち主だとか。噂《うわさ》は多種多様だった。

一方でバーバラは、昼間対面したアビゲイルのことを思い出す。

予想に反してアビゲイルは、服喪のため黒い衣服を身に纏った物静かな少女だった。可愛《かわい》らしい少女だとは思うが、男性を魅了する容姿かと言われると難しいところだ。

一方公爵であるクラウスとは、この屋敷に来た時に一度挨拶《あいさつ》したきりだった。どちらかというと、公爵家出身のクラウスの方が華やかな容姿をしている。

年の差があることもあって、物静かなアビゲイルと派手なクラウスが一緒に過ごしているところを思い浮かべるのは難しかった。

「そのような考えは、クラウス様にも療養中のヘンリー様にも失礼よ」

バーバラは倫理をわきまえていたので、当たり前のようにフィオメラを窘めた。

だが、この問答はこの屋敷に来る前から何度も繰り返されている。バーバラはいい加減飽き飽きしていたし、だんだん反論するのも馬鹿《ばか》らしくなっていた。

それをいいことに、フィオメラは今日もバーバラの考えを変えようと言葉を弄《ろう》するのだ。

「このお屋敷が、公爵家の名誉が、お嬢様のものになるのです。どうしてそれがお分かりにならないのですか？　病気でいつ死ぬか分からない旦那様より、クラウス様の方がどれほど……」

「フィオメラ！」

そんな主従のやり取りを、部屋の外で聞きとめた人物がいた。

彼女は話の内容を理解すると、慌てて部屋の前を離れたのだった。


その日の夕食は、早速バーバラと二人でとることになった。

クラウスは忙しいので、今日は出かけている。もともと夕食を一緒にとれる日は稀《まれ》なのだ。

私は緊張していた。クラウス以外の人間と、二人きりで食事なんて初めてかもしれない。

ロビンにテーブルマナーの及第点は貰《もら》っているものの、緊張して何か失敗してしまうのではと不安になってしまうのだ。

「アビゲイル様。そんなに緊張せずとも大丈夫ですよ」

メイリンが私を安心させるようにぽんぽんと肩を叩いてくれる。

感情表現が苦手な私だが、なぜだかメイリンには何を考えているかすぐに分かってしまうらしいのだ。

本当にメイリンはすごい。

「ありがとう」

そんなやり取りをしていると、ちょうどバーバラが食堂に入ってきた。

バーバラの後ろから、眼鏡《めがね》をかけた女性が後をついてくる。

ぴんと背筋の伸びた、背の高いブルネットの女性だ。

私は立ち上がってバーバラを出迎えた。

バーバラは何かを探すように、部屋の中を見回している。

「バーバラ様、ごきげんよう」

ひきつってしまわないよう気を付けつつ、私は歓待の意味を込めて笑顔を浮かべた。

バーバラは私の向かい側にある席につくと、不思議そうに話しかけてきた。

「クラウス様はどうなさったのですか？」

どうやら彼女が探していたのはクラウスだったようだ。

「クラウス様なら、夜会に出席なさるので今夜は遅くなるとのことです」

私がそう返すと、バーバラは見るからに訝《いぶか》しげな顔をした。

「え……？」

その顔に、私は何かおかしなことを言ってしまっただろうかと不安になった。

バーバラの視線は迷うように宙を彷徨《さまよ》い、それから恐る恐るというように口を開いた。

「あの、夜会にアビゲイル様はご同行なさらないのですか？」

どうやらバーバラの態度の理由は、クラウスが夜会に行っているのに私がここにいることにこそあったらしい。

言われてみれば確かに、彼女が困惑するのも分からなくはない。夜会というものはパートナーと二人で出席するのが通例であり、それは公爵であるクラウスも例外ではないからだ。

夜会に出席する貴族は普通、結婚していれば結婚相手と、婚約していれば婚約者と共に出席する。たとえ婚約者がいなくても、異性の親類などを連れていくのが普通である。

ではどうして私が留守番をしているのかというと、そこにはきちんとした理由がある。

「ああ、それは……」

理由を説明しようとしたところで、残念ながら私の言葉は遮《さえぎ》られてしまったけれど。

「バーバラ様」

バーバラの名を呼んだのは、彼女についてきていた眼鏡の女性だった。

「早くお食事を済ませませんと、眠るのが遅くなります」

初めて声を聞いたけれど、彼女の声は甲高《かんだか》く尖《とが》っていた。

偶然かと思ったけれど、眼鏡の奥から彼女はこちらを鋭く睨《にら》みつけている。

どうやら故意に話を遮ったようだ。

「ちょっとフィオメラ。アビゲイル様に失礼でしょう」

彼女の名前はフィオメラというらしい。

初対面の相手に睨みつけられたことで、私は困惑してしまった。

けれど同時に、ほっとしてしまったのだ。かつてはこうして敵意を向けられるのが、当たり前だった。

アスガル公爵家の人たちは、優しすぎる。

クラウスもメイリンも、ロビンでさえも。

優しくされると、ほっとして心があったかくなる半面、時々どうしようもなく不安になるのだ。

こんなに幸せでいいのかと。

だからフィオメラに冷たい視線を向けられて、妙に納得してしまったのだ。

やっぱり私は、他人から忌み嫌われる存在なのだと。

それから二人でとった食事は、なんとも気づまりな時間になってしまった。


食事を終えて部屋に戻ってからずっと、いや正確には食堂を出てからずっと、メイリンは浮かない顔をして黙り込んでいる。

「アビゲイル様……」

湯あみを終えた私の髪の手入れをしつつ、メイリンは呟《つぶや》いた。

「メイリン、具合が悪いなら早く休んで」

心配になって、思わずそう答えた。

メイリンが黙り込んでいるなんてめったにないことだ。

けれど私の言葉は見当外れだったようで、メイリンは激しく首を左右に振った。

「そうではありません。どうしてアビゲイル様はお怒《いか》りにならないのですか!?」

随分感情的になっているらしく、メイリンは悔しそうに地団駄《じだんだ》を踏む。

その激しい感情の発露に、私は驚いてしまった。とりあえず健康には問題なさそうでよかったが。

「怒る？　どうして？」

「先ほどのフィオメラの態度に対してです！」

フィオメラといえば、バーバラに付き従っていた女性の名前だ。

「さっきの……」

「フィオメラはバーバラ様の連れてきた侍女です！」

メイリンは髪を梳《す》いていた手を止めると、いらだたしそうに拳《こぶし》を握った。

「侍女とはいえ使用人でありながらクラウス様の婚約者であるアビゲイル様を蔑《ないがし》ろにして！」

どうやらメイリンの怒りの原因は、先ほどのフィオメラの態度にあるようだ。

「メイリン。私は気にしてないわ」

「気にしてください！」

怒りを鎮《しず》めてほしくて言ったのに、メイリンは更に興奮してしまったようだ。

これでフィオメラの態度にほっとしたなんて言ったら、メイリンの怒りに油を注ぐことになりかねない。

「そ、そうね」

メイリンは悲しげなため息をつく。

「アビゲイル様。お気づきかもしれませんが、フィオメラはアビゲイル様をよく思っていません。それは、バーバラ様を我がアスガル公爵家に嫁がせたいと思ってのこと」

思いもよらぬ言葉に、私は息が止まるかと思った。

「え？　だってバーバラ様は、ラザフォード侯爵と既に結婚してるはずじゃ……」

「そのはずです。ですが確かに聞いたのです。フィオメラがバーバラ様を焚《た》きつけているところを！」

どうやらメイリンの態度がずっとおかしかったのは、食事の時の出来事以外にその場面を見てしまったのが原因のようだった。

私はまるで突然床が抜けたような、頼りない気持ちになる。

メイリンの言葉が本当なら、フィオメラの考えはもっともだ。比べるべくもない。

自分とバーバラでは、彼女の方がクラウスの妻として相応《ふさわ》しいに決まってる。私は脳裏《のうり》に夕食で見たバーバラの姿を思い浮かべた。

傷一つない柔らかい手。皮膚《ひふ》の硬い私の手とは違う。労働を知らない貴族の手。金色の髪。澄んだ青い瞳。

私とは、何もかもが違う。

気づくと、私は自分の体を強く抱きしめていた。

震えが止まらない。

カチカチと奥歯が鳴る。

「アビゲイル様？」

私の異変を感じ取ったのか、メイリンは怒りを忘れ心配そうにこちらを見ている。

ああ、どうしてこんなに怖いのだろう。

まるで夢のような——夢のように儚《はかな》い日々だと分かっていたはずなのに。

「なんでもない」

「ですが……」

「なんでもないわよ」

メイリンを安心させるために、無理やり笑みを浮かべるだけで精一杯だった。

果たして私は本当に、ちゃんと笑えていたのだろうか。

「ですから、隣国グスタークとの国交は遥か昔から――」

ロビンの言葉が、全く頭に入ってこない。

彼の授業を受け始めて以来、こんなことは初めてかもしれない。

いつもは一言も聞き漏らすまいと必死なのだが、今日は隣に座っているバーバラが気になって仕方ないのだ。

そして傍《かたわ》らには、昨日話題に上った侍女フィオメラの姿もある。

その存在が一層、私の心をざわめかせていた。

ふと、彼女の視線がこちらへと向いた。心臓がどくどくと激しく鼓動を打つ。

この人の目には、私なんて取るに足らない相手としか見えていないのだろう。ミスをしたら、よりクラウスに相応しくないと思われるのだろうか。

これ幸いと、私がいかにダメな人間かクラウスに言いつけるのだろうか。

頭がぐるぐる回るような感覚がする。

きちんとしなければと思うほど喉《のど》が渇いて、体が震えてきて、いてもたってもいられなくなる。

「アビゲイル様」

ふと、ロビンに名を呼ばれ我に返った。

声のした方向を見ると、ロビンが眉間《みけん》に皺《しわ》を寄せて、私のことを見据《みす》えていた。

「随分余裕がある様子ですね？　それでは、第三次ミンス戦役について開戦の動機を説明していただいてもよろしいですかな？」

ロビンの問いに、私は慌てて席を立った。

何か言わなくてはと思うのに、頭が真っ白で何も言葉が浮かんでこない。

「あ……あ……」

きっと今の私は、顔が真っ赤に染まっていることだろう。

まるで泣いた時のように、ひどく顔が熱い。

ロビンだけでなく、バーバラやフィオメラの視線が突き刺さる。

「アビゲイル様？」

ロビンの問いが耐え難く、私は逃げるようにその場を後にした。

「アビゲイル様！」

ロビンの言葉が背中を追いかけてくる。

怖くて怖くて、堪《たま》らなかった。

結局逃げ込むような場所もなく、私は中庭の隅《すみ》の庭木に隠れ、ぐずぐずと泣いていた。思えばこの屋敷に来てから泣くことが増えた。

以前より恵まれているはずなのに、泣いてしまうのはなぜなのだろう。

昔は辛いことがあっても、泣かずにやり過ごすことができた。誰かの言動にいちいち傷ついて立ち止まっていては、生きることが難しかったからだ。

親の無関心も伯母からの叱責《しっせき》も、気づけば日々の当たり前として受け入れていた。だからそのことにいちいち傷ついたり、泣く必要なんてなかったのだ。

けれどアスガル公爵家で新しい生活を送るようになると、今までとのあまりの違いに目が眩《くら》むようだった。

幸せという単純な言葉では言い表せない。

しゃくり上げていると、どうしようもなくみじめな気持ちになった。

その時、がさがさと葉擦《はず》れの音が響いた。

風ではない。葉擦れがするほど強い風は吹いていていない。それは明らかに一方から、聞こえてきていた。

私は弾《はじ》かれるように音のした方向を見た。こんなみじめな顔を、誰にも見られたくないという小さな矜持《きょうじ》だった。

「うー……」

涙のせいか、視界がかすんでいた。

木々の狭間に、灰色《はいいろ》の物体が埋もれている。

最初は拳ほどの石かと思った。けれどすぐに、そうではないと気が付いた。

葉擦れの音からも分かるように、灰色の物体は動いている。動いて木の葉を揺らしているのだ。

涙を拭《ぬぐ》ってよく見ると、塊《かたまり》から伸びた細い四本の足がもがいていた。

大きなお腹《なか》を仰向けに、もがいている灰色の子猫。それこそが音の発生源だったのだ。

私を見つけた時のメイリンの驚いた顔といったら、言葉では表現できないほどだった。

「アビゲイル様ー！」

その顔は涙で濡れていたし、いつもきっちりと整えられている髪はすっかり乱れていた。

「どこ行ってらっしゃったんですか！　心配したんですよっ」

メイリンに責められて初めて、自分はロビンの授業から逃げ出したのだということを思い出した。

中庭への訪問者を見つけた瞬間、何もかも吹き飛んで頭の中が子猫でいっぱいになってしまったせいだ。

「ごめんなさい。心配かけて」

見るからに一生懸命探してくれたであろうメイリンに、私は頭を下げて謝った。

「頭を上げてください」

メイリンは私に寄り添うと、すぐに私が抱きかかえていた子猫に気が付いた。

「あら？　この子は……」

心配をかけたのに、子猫に夢中になっていた自分に後ろめたい気持ちになる。

「庭にいたの。母猫も近くにいないようだし、世話してもいいかしら？」

メイリンは困ったように笑った。

呆《あき》れられたのかもしれない。

「旦那様にお願いしてみましょう」

メイリンの返事は、考えてみれば当然のものだった。この家のことはなんでも、当主であるクラウスの意向が優先される。

「分かったわ」

私は子猫が目を覚まさぬよう、慎重に自室へと向かった。

メイリンは私が見つかったことを別の使用人に伝えている。どうやらかなり大ごとになっていたようだ。

彼女らに迷惑をかけてしまったことを、心底申し訳なく思った。

きっとバーバラも、何事が起こったのかと困惑していることだろう。後で会ったら謝っておかなければ。

考え始めると色々憂鬱《ゆううつ》になってしまいそうだが、今は目の前の子猫に気を取られて深く落ち込むような気分にはなれなかった。

それがいいことなのか悪いことなのか、今の私には分からなかったけれど。

部屋に子猫を連れ帰り、メイリンの助けを借りて清潔な布を敷いた寝床を用意した。

ところがその寝床に降ろした瞬間、子猫はみーみー鳴いて私に縋《すが》りつこうとした。細く鋭い爪がドレスの生地にひっかかって、無理やり引き剥《は》がせばその爪が折れてしまいそうだ。

「アビゲイル様を母親と勘違いしているのかもしれませんね」

過去に猫を飼っていたことがあるというメイリンは、先ほどよりも柔らかい笑みを浮かべながら言った。

メイリンの言葉に、改めて子猫を見下ろす。

言われてみればその灰色の毛並みは、私の髪と似ているように思えなくもない。

親になるなんて大それたことはよく分からないけれど、子猫を見ていると胸が締め付けられて切ないようなむず痒《がゆ》いようななんとも言えない気持ちになった。

この時まで、クラウスにこの子猫を捨てるように言われたら、残念でもその言葉に従うだろうなと考えていた。

この屋敷に暮らしていく上で、クラウスの意見は絶対だからだ。

けれどこの子猫は、今野生に戻してもおそらく生きていくことはできまい。野に放つというのは、子猫を殺すのと同義なのだ。

それを知っていて、子猫から離れるなんてできるはずがない。

今この瞬間に、強く強くそう感じた。

気づけば私は、抱えていた子猫のことを抱きしめていた。

顔が汚れてしまうとメイリンが悲鳴を上げる。

一年経ってこの家での生活に慣れてきたと思っていたけれど、やっぱりまだまだメイリンに迷惑をかけてしまうようだ。


子猫は全く警戒する様子を見せず、用意したヤギのミルクもためらいなく飲んだ。お腹が空いていたのか、ミルクを飲んだ後はすっかり大人しくなった。

お湯で絞った布で子猫の体を拭き、冷えてしまわないよう、即席の寝床に湯たんぽを入れた。

そのおかげか、今は寝床ですやすやと寝息を立てている。

無防備に上下する子猫のお腹を見ていると、ああ確かにこの子は生きているんだと妙な感慨に襲われた。

くすぐったいような気持ちと同時に、こんなに小さくして親猫とはぐれてしまった子猫を哀れに思った。

そうして一段落がついた頃、忙しい仕事の合間を縫ってクラウスが様子を見に来た。私がロビンの授業から逃げ出したという報《しら》せは、とっくに彼の耳に入っていたらしい。

「アビー。何があった？　またロビンが厳しくしたのか？」

クラウスの顔に私を責めるような色は一切なかった。

そのことが、逆に私を申し訳ない気持ちにさせた。

クラウスは私の頬《ほお》に手を伸ばすと、眉を顰《ひそ》め辛そうな顔をする。

「赤くなっているな」

クラウスの親指が目元を撫でる。そういえば泣いたのだったと思い出し、恥ずかしくて堪らなくなった。

「申し訳ございません。クラウス様」

「謝らなくていい。どうせロビンがひどいことでも言ったんだろう」

私の顔から手を離すと、クラウスはいらだたしげに腕組をした。

それは誤解だ。ロビンはひどいことなんて何も言っていない。

「違います！　ロビンさんは何もしていません。ただ私が……」

ここで言葉に詰まったのは、メイリンが聞いたというバーバラとフィオメラの話を、クラウスにしてもいいものかと悩んだせいだ。

彼女たちの視線から逃げるように部屋を飛び出してしまったけれど、メイリンの言葉を鵜呑みにしていいのだろうかという不安が浮かんだ。

それはメイリンが信じられないという意味ではなく、もしかしたら聞き間違いや何かの誤解である可能性もあると思ったのだ。

そんな考えが浮かんだのは、子猫と出会ったことでバーバラから気持ちが逸《そ》れて、冷静に考えられるようになった証《あかし》かもしれない。

「恥ずかしくて」

「恥ずかしい？」

「同世代の貴族のご令嬢とお話ししたことがないので、慣れなくて」

嘘《うそ》ではない。

実際公爵家にやってくるまで、令嬢どころか社交界とほぼ隔絶された生活を送っていた。

たまにお見合いのために貴族の男性と顔を合わせることはあったが、いつも怒って追い返されてばかりいたのだ。

なので言葉を交わす機会自体、稀だったのである。

初めてクラウスに会った時はそのせいでかなり取り乱してしまった。今思い返してみると、恥ずかしくて何も言えなくなってしまうほどだ。

険《けわ》しかったクラウスの表情が、ふと和らいだ。

「確かに、アビーはあまり貴族との関わりに慣れてないものな」

どうやら私の戸惑いを分かってくれたらしい。

公爵であるクラウスの婚約者としては失格かもしれないが、クラウスが呆れているわけではないことが伝わってきて少しだけほっとした。

情けない姿ばかり見せているけれど、私だってクラウスによく思われたい。他の誰に悪く思われようとも、クラウスにだけは。

だからこそ、言えなかった。

バーバラがクラウスとの結婚を企《たくら》んでいるかもしれないだなんて、まるで告げ口をするかのようで。

それが本当かどうか、自分の目と耳で確かめたわけでもないのに。

「ん?」

クラウスはそれ以上何か質問をしてくるわけでもなく、優しく私を見下ろしていた。

王宮で一緒に悪魔に立ち向かった時から分かっていた。彼は全力で、私を助けてくれる。たとえ自分の命が危機にさらされようと。

こちらがそれを望まなくても、そのたくましい腕で私を庇《かば》ってくれた。

だから彼を疑うことなんてない。

戦うべきは、なんでも拾い上げて不安に思ってしまう自分自身だ。

ふとそこまで考えたところで、メイリンがクラウスの死角になるように立ち、何かを訴えているのが見えた。

彼女の腕には急ごしらえの寝床で丸まった、子猫の姿がある。

そうだ、クラウスにこの子猫を飼う許可を貰うのだった。

「クラウス様。お庭で子猫を見つけたのです」

「猫？」

不思議そうにするクラウスに、丸くなっている子猫を見せた。

子猫は怯《おび》えることもなく、一度目を開けてちらりとクラウスを見た後、再びすうすうと寝息を立てて始める。

「やれやれ。小さいくせに、随分と肝《きも》が据わっている」

クラウスは呆れたように言った。

けれどその声音《こわね》は優しく、少なくとも子猫を拾ったことで怒っているようには思えなかった。

「まだ小さい。メイリンに聞いて、ちゃんと世話するんだぞ」

クラウスはまるで子供に言い聞かせるように言った。

少し恥ずかしかったけれど、子猫を飼うことが許されてとても嬉しかった。

「はい」

こうしてアスガル公爵家に、新たな家族が加わった。


翌日のマナーの授業の冒頭、前日の失態をロビンとバーバラに謝罪した。

この日は部屋にフィオメラの姿がなく、そのおかげで素直に謝罪できたというのもあると思う。

「昨日は申し訳ありませんでした」

バーバラは戸惑っていたが、ロビンは私の奇行など慣れているとばかりに特に驚いた様子もなかった。もしかしたら昨日のうちにクラウスから説明があったのかもしれない。

ちなみに授業を受けている間、子猫は部屋でメイリンが様子を見ている。

朝起きたら、子猫がベッドにもぐり込んでいて心底驚かされた。

危うく気づかずに寝返りを打って、子猫を下敷きにしてしまうところだった。これにはメイリンも大層驚いていて、勝手にベッドに上がってはいけないと子猫に言い聞かせていた。

もっとも、肝心の子猫はどこ吹く風で、今日も朝からヤギのミルクをお腹いっぱいになるまで飲んでいた。

かつて猫を飼っていたというメイリンによれば、子猫とはいえ生まれてから数か月経っているように見えるので、もう固形物を与え始めても大丈夫だろうという話だった。

ちなみに猫は雑食だそうだが、人間の食べ物だと毒になるものもあるらしい。

聞くこと見ること何もかもが新鮮で、勉強になる。

授業が終わったら子猫が待っていると思うと、授業を受けることもバーバラと顔を合わせることもちっとも苦ではなかった。

ちゃんと謝ることもできたし、昨日はどん底まで落ち込んでいた気持ちが、不思議なほどに安定している。

それからしばらくは、勉強の後に嬉々《きき》として部屋に戻る日が続いた。

子猫はいつでも私を待ちわびていて、私の姿を見ると嬉しそうに鳴くのだった。

「すっかりアビゲイル様に懐きましたね」

やれやれと言わんばかりに、メイリンが言った。

この頃にはすっかり、猫も固形物が食べられるようになっていた。

「私の我がままに付き合わせてしまってごめんね」

子猫と暮らし始めたことで、明らかにメイリンの負担は増えていた。ならばその分彼女の負担が減るように私が働こうとすると、そんなことはさせられないと止められてしまう。

「アビゲイル様はそんなことお気になさらないで大丈夫ですよ」

「でも……」

「ロビン様の采配《さいはい》で、手伝いのメイドも増えましたし」

「ロビンが？」

思わぬ言葉に、私はいつも難しい顔をしているロビンを思い浮かべた。

驚きが顔に出ていたのか、アビゲイルがくすくすと笑う。

「はい。アビゲイル様が落ち着かぬうちは、慣れた者だけでお世話するのがいいだろうということで侍女は私だけですが、代わりに手伝いの使用人は沢山つけていただいておりますよ」

「そうなの？」

基本的に顔を合わせる使用人はメイリンだけなので、そんな体制になっているなんて気づきもしなかった。

「アビゲイル様に少しずつ他の使用人の顔も覚えていただいて、その後に相性を見て侍女を増やす方針だと以前ロビン様が仰っていました」

何を言われているのか分からなくて、少し考えてしまった。

私が人見知りだから侍女を増やすのにもロビンたちが苦慮していると気が付いて、思わず顔が熱くなる。

慣れない相手にはうまく喋れない性格だと、ばれてしまっているのだろう。

何も言えずにいると、メイリンは機嫌よさそうに言葉を続けた。

「とにかく、前に任されていたお仕事より今の方が私は楽しいですよ。アビゲイル様とずっと一緒にいられますからね」

迷惑ばかりかけているのに、まさかそんなことを言ってもらえるとは思わず、心臓が小動物のように跳ねた。

ぽかぽかと体全体が温まるような心地がする。

「にゃー！」

その時、自分もいるぞとばかりに猫が私の体をよじ登ってきた。小さな体のどこにそんな力を隠し持っているのだろう。

子猫の行動はいつも私を驚かせる。

「こーら、大人しくしなさい！」

ドレスの被害を最小限に抑えようと、すぐさまメイリンが子猫を捕まえた。

引き離されると、子猫の細い脚が抵抗するように宙を掻《か》く。

「ぴぎゃー！」

メイリンは必死だが、背後からしっかりと捕まえられた猫を見ていると無性におかしくなった。

メイリンも子猫もどちらも真剣そのもので、それがより一層面白く感じられる。

「ふふふっ」

気づくと笑い声を上げていた。

そんな私を見て、メイリンも笑う。

猫だけが唯一、後ろ脚をぴんと伸ばして不服そうにしていた。

笑ってしまったお詫《わ》びに、厨房にお願いしてミルクを分けてもらうことにしよう。


バーバラは物憂《ものう》げに窓の外を見下ろしていた。

美しい彼女の気鬱の原因は、現在預けられているアスガル公爵家の次期公爵夫人、当主クラウスの婚約者であるアビゲイルその人である。

先日、アビゲイルが歴史を学ぶ授業の途中に、取り乱して部屋から出て行ってしまった事件は記憶に新しい。

翌日アビゲイルからはきちんとした謝罪を受けたものの、バーバラの瞼《まぶた》には取り乱したアビゲイルの姿が焼き付いて離れないのだ。

「だから言ったではありませんか」

フィオメラは逃げ去ったアビゲイルを目にして以来、それ見たことかとばかりにバーバラに言い募るのだ。

「あのような娘に、由緒ある公爵家の女主人が務まるとお思いですか？　そもそもスタンフォード伯爵家は、代々そのような血筋なのです」

バーバラはフィオメラの物言いに眉を顰めたものの、無視もできずゆっくりと振り返る。

「どういうこと？」

フィオメラはようやく主人が自分の言葉に耳を貸し始めたと知り、機嫌よく語り始める。

「有名な話です。現在臥《ふ》せっておられる王妃殿下は、かつてスタンフォード伯爵と婚約を結んでいたのです」

バーバラの目が驚きに見開かれる。

「まさか」

「まさかもまさかです。それも、その婚約を一方的に破棄したのはスタンフォード伯爵側なのです。手を付けた娘が子を孕《はら》んだからという不埒《ふらち》な理由で……」

「ありえないわ！」

バーバラは思わず叫んだ。それほどまでに、フィオメラの話がありえないと感じたからだ。

「伯爵が格上の公爵家との婚姻を、そんな理由で一方的に破棄したというの？　ありえない。本当なら伯爵家が取り潰しになってもおかしくない話よ」

公爵家の姫とは王家の血を引き、時に王家の姫の代わりに他国に嫁ぐことすらある存在だ。事実、その後アスガル公爵令嬢は自国の王家に嫁ぎ、王妃となっている。

公爵家は他の貴族とは一線を画する。他の貴族が始祖王の家臣を祖先に持つのとは違い、公爵家は王家から枝分かれした準王家とも呼べる血筋なのである。

ゆえに公爵令嬢との結婚は貴族にとって大きな誉《ほま》れであり、同時に将来の栄達が約束されたという意味を持つ。

それをたかが子供が一人出来たからといって一方的に投げ出すなど、生粋の貴族として育てられたバーバラには到底信じられない話であった。

特に、バーバラは王妃であるイライザを敬愛していた。その美しさと気高さに憧《あこが》れ、髪形など彼女の真似をすることさえあった。

だからこそイライザの不調には胸を痛めており、イライザの生家であるアスガル公爵家での滞在が決まった折には喜びに胸を膨《ふく》らませていた。

正直なところ、バーバラはアビゲイルに幻滅していた。

イライザの弟であるクラウスの婚約者と聞いた時点で、バーバラはアビゲイルのことをイライザのような完璧な貴婦人だろうと勝手に思い込んでいたのだ。

だが残念なことに、そうではなかった。

身だしなみこそ使用人の手で整えられているものの、アビゲイルは身に着けている喪服も相まって昼夜暗い雰囲気を醸《かも》し出していた。

華やかな社交界の中心で、大輪の花の如く咲き誇っていたイライザとは大違いだ。

「だからこそ、親世代で果たされなかった結婚を果たすために、クラウス様はアビゲイル様とご婚約なさったのですよ」

「そんな……。どうして公爵家はそこまでスタンフォード伯爵家に固執するのかしら？」

バーバラは考え込む。

フィオメラの言葉を頭から否定していた頃と違い、今の彼女は侍女の言葉を信じ始めている。

「そこまでは分かりませんが――」

フィオメラが意味ありげに視線を外す。

「でもよっぽどの、それこそ弱みを握って脅迫でもしない限り、こんな婚約はありえません」

バーバラは思わず息を呑む。

まさかとは思うが、今までのように即座に否定することはできなかった。

確かにそうでもなければ考えられないほど、クラウスとアビゲイルの婚約はバーバラにとってありえないものに思えてきていた。

とはいえ、もしそれが真実でもバーバラにできることはない。

自分は既にラザフォード侯爵家に嫁いだ身で、今はアスガル公爵家に世話になっている立場にすぎないからだ。

もしフィオメラの想像が当たっていたら、公爵家に同情はするが――。

「妃殿下の不調も、もしかしたらアビゲイル様が関わっているのかもしれませんわね」

フィオメラの言葉に、バーバラは目を見開いた。

肌が粟立《あわだ》ち、背筋を氷が滑ったような寒々しい心地がした。

「どういうこと⁉」

バーバラは王妃であるイライザを敬愛している。あのような女性になりたいと幼い頃から憧れを抱いていた。そのイライザがスタンフォード伯爵家のせいで不遇をかこっているとすれば、納得がいかない。

「いえ、分かりませんよ。ただ、そう考えると不自然な妃殿下の療養にも説明がつくのではと」

あくまで想像であると強調し、フィオメラは言った。

確かに想像でしかないが、半年前、王妃の療養に入るタイミングが不自然だったというのは、社交界の誰もが思っていたことである。

なにせ王妃イライザは、療養に入る前日まで精力的に公務をこなし、元気な様子を周囲に見せていたのだから。

そんな状態だというのに、イライザの実家であるアスガル公爵家では、全くと言っていいほど王妃の話題が出ない。

イライザの若い頃の話を聞ければと思い、老齢の家令ロビンにも尋ねてみたが、はぐらかされて何も分からず終わってしまった。

「まさかイライザ様の話題が出ないのも、アビゲイル様がいるから……？」

はじめは馬鹿らしく思えたフィオメラの推測が、俄かに真実味を帯び始める。

イライザをよく思わないアビゲイルを慮《おもんぱか》ってイライザの話題が避けられているとすれば、現在の公爵家の状況にも説明がつくからだ。

バーバラはごくりと息を呑んだ。

家中の問題に下手に関わり合いになるべきではないと思っていたが、本当にそれでいいのだろうか。

今の立場を利用すれば、療養中ということになっているイライザの役に立てるかもしれない。

バーバラはその柔らかい手のひらをぎゅっと握り込んだ。

第二章　天使と悪魔

勉強に子猫の世話にと毎日忙しく過ごしていたら、日々が過ぎるのはあっという間だ。

それに加えて、結婚式の準備もある。制作中のドレスの仮縫いや、招待客の確認もある。招待客を決めるのは勿論《もちろん》私ではなくクラウスだが、招待した相手を全く知らないのは失礼なので相手のプロフィールを覚えているのだ。

ところが流石《さすが》公爵家と言うべきか、招待客の数が尋常ではない。

国内の有力貴族は勿論、果てには王族の名前までリストに入っている。

この一年間の間に貴族の複雑な血縁関係もかなり勉強したつもりだったけれど、リストを見てまだまだだったと痛感した。

なにせ一緒に見ていたメイリンが、文字に酔うと訴えて逃げ出したほどだ。

そんなわけでその日は授業の後、部屋で招待客のリストと貴族名鑑に目を通していた。

一度読んだだけでは覚えられないので、何度も繰り返し目を通す。全部は覚えられなくても、できることはなんでもしなくては。

ちなみに子猫はといえば、ドレスの布地が気に入ったのか私の膝《ひざ》でくうくうと眠っている。

毎日たっぷり食べているからか一回り大きくなり、毛艶《けづや》もよくなった。

灰色《はいいろ》だった毛並みは汚れが落ちたせいか、少し白っぽくなった気がする。

「そういえば、猫の名前はお決めになったのですか？」

冷めた紅茶を替えながら、メイリンに問われる。私は左右に首を振った。

子猫との生活には慣れたけれど、未だに名前を付けられないのは戸惑っているからだ。クラウスにお願いして一緒に暮らし始めたものの、名前を付けると猫との関係が変わってしまいそうで、私は怖いのだ。

何をおかしなことをと、他人に話せば笑われるだろう。

だからその理由は、まだ誰にも話していない。

名前を付けたら、猫はおそらく私のペットになってしまう。私の所有物になってしまう。

私と両親の関係が、そうであったように。

私は猫に、自由でいてほしいのだ。逃げたいのならば逃げてもいい。私を嫌ってもいい。

ただこの子が許してくれる限り、一緒にいたい。

それが今の私のささやかな願いなのだった。

「アビゲイル様」

それはいつものようにバーバラと二人で夕食をとっている時のことだった。

結婚式の準備で忙しいという理由で、最近はクラウスと食事をとることが難しい。きちんと食べているか心配になるが、きっとロビンがよいようにしてくれているだろう。

私には厳しい家令だが、それは人一倍アスガル公爵家に忠誠心があるからだと理解している。少なくともクラウスの不利益になるようなことは絶対にしないだろうという確信がある。

ちなみにクラウスがこんなにも忙しくしているのは、私が貴族としての教養を持たないせいだ。

普通家中の采配《さいはい》は女主人である妻がするものだが、公爵家という大規模な家を取り仕切ることはまだ私には難しい。ゆえに、どうしてもクラウスの負担が大きくなってしまっている。

できれば代わりたいが、一年この屋敷で暮らしたくらいで簡単に代わりができるようなものではない。

なので私にとっては、もどかしい日々が続いていた。

クラウスは気にしなくていいと言うけれど、忙しそうにしているところを横目に自分だけのほほんと暮らしているようで、申し訳がない。

そんなことをつらつら考えていたからか、バーバラに対しての反応が遅れた。

「……なんでしょうか？」

どうにか返事をしてから、おかしくなかっただろうかと不安になる。メイリンが食堂の中で控えてくれているのがせめてもの救いだ。

バーバラが屋敷にやってきて、そろそろ半月になる。

毎日のように顔を合わせているが、メイリンから聞いた話が尾を引いていて、未だに打ち解けることはできていない。

ちなみにフィオメラはといえば、授業の時も食事の時も一度見たきりで、以来その姿を見てはいない。初日に失礼なことを言われたので、もしかしてバーバラが気を回して同席しないようにしているのかもしれない。

けれど屋敷にいるはずなのに姿が見えないというのは、それはそれで不気味に感じられてしまうのだった。

「アビゲイル様は、現在イライザ様がどうなさっているかご存じですか？」

予想もしていなかった問いに、思わず食事をする手が止まる。

「バーバラ様はイライザ様をご存じなのですか？」

私の問いに、バーバラは鼻白《はなじろ》んだ。

彼女は珍しく尖《とが》った口調で言った。

「アビゲイル様は私を、自国の妃殿下も知らないような女だとお思いですか？」

「とんでもない！　そうではなく、直接ご面識がおありなのかと」

「パーティーでお話ししたことが何度か」

「そうなのですね」

どうやら特別親しくしていたわけではないらしい。

私は最後に会った時のイライザを思い出した。長年悪魔に取り憑《つ》かれていたイライザは、現在魂《たましい》が抜けた生き人形ようになっていると聞いている。

あれから半年が経ったが、状況が好転したという話は聞いていない。

「療養をなさっていると聞いていますが……」

とりあえず問題のない範囲でそう伝えたのだが、バーバラの期待には沿えなかったようだ。

「でも、アビゲイル様にとってイライザ様はお義姉《ねえ》様になるのですよね？　でしたら詳しい病状もご存じなのでは？」

正直なところ、今までにないほど口数の多いバーバラの態度に、私は気圧《けお》されてしまっていた。

どうして彼女はそんなにもイライザのことが気になるのだろう。

単なる好奇心にしては、バーバラの顔は真剣そのものに見えるのだが。

「ご心配いただいてありがとうございます。ですが私的なことですので」

王家との間で、イライザについては他言無用という取り決めがなされている。

前述の言葉もイライザについて尋ねられた際には、こう返事をするようにとクラウスに言いつけられたものだ。

すると我に返ったのか、バーバラからは先ほどまでの勢いが消え失せた。

「そうですね。ごめんなさい」

せっかく会話を交わしたのに、ちっとも打ち解けられていない。話題が話題なので仕方ないが。

その後も二人だけの夕食の席は気づまりなものになった。

この時バーバラの変化にもっと敏感になっていれば、あんなことは起こらなかったのかもしれない。

それから数日経ったある日のこと、思いもよらないことが起きた。

忙しいはずのクラウスが、昼前に私を訪ねてきたのだ。

忙しさのせいか、クラウスは少し痩《や》せて頬《ほお》がこけていた。

「おはようアビー」

いつもと変わらない笑顔を見せるクラウスの顔に、私は思わず手を伸ばした。身長差があるので、彼の顔に触れる機会はそうない。

クラウスの青い目の下には隈《くま》ができており、白い肌もより一層白く見えた。

「大丈夫ですか？」

思わず出た問いに、クラウスは苦笑した。

「少し無理はしたが、結婚式は無事迎えられそうだよ」

クラウスは私の問いの主語を取り違えたようだ。

私が心配しているのは結婚式のことではなく、クラウス自身のことだというのに。

「そうではありません」

少し語気を強めると、クラウスは少し目を丸くした後、ゆったりとほほ笑んで目を細めた。

「分かっているさ。少し寝不足気味だが、これくらいなんてことない」

いつもは絶対的に信頼のおけるクラウスの言葉だが、この時ばかりは簡単に信用することはできなかった。

できることなら、今すぐ部屋に戻って休んでほしい。

しかし私がその気持ちを言語化する前に、クラウスは部屋の隅《すみ》にある子猫の寝床に歩み寄った。

「そういえば猫は大きくなったかい？」

「ええ。すごく元気で」

寝床で仰向けになっていた猫は、クラウスを見ても逃げもせず、ただ不思議そうに彼のことを見つめていた。

その目の色は子猫特有のキトンブルーから、緩やかに深みを帯びた青に変わりつつある。

「おや、最初に見た時は灰色の猫だと思ったが、記憶違いだったか？」

クラウスの言う通り、猫は時間が経つごとにどんどん白くなり、今では灰色だった名残がうっすら感じ取れるだけになっていた。

これは私もメイリンも不思議に思っていて、他にも猫を育てたことがあるという使用人に聞いてみたりもしたが原因は分かっていない。

野良猫だったので汚れが落ちただけとも考えられるが、最初に洗った時は灰色のままだったので、謎は増すばかりだ。

「名前は？」

クラウスの質問に、思わず言葉に詰まる。

彼はそれを訝《いぶか》しく思ったようだ。

「どうかしたのか？」

「ネコ……と呼んでます」

どんな反応をするだろうと思ってクラウスを見上げると、彼はなんと言えない表情をしていた。

そして私の視線に気づくと、ごほんと咳《せき》払いを一つした。

クラウスはネコを抱き上げると、くつろいだ笑みを浮かべた。

「よろしくな、ネコ」

この懐《ふところ》の広さに、私はいつも救われている。この時ふと、そんなことを思った。

しかしネコは少し不機嫌だったようだ。早く放せとばかりに小さな足でもがく。

「おい、こらこら」

そう言いながら、クラウスは慌《あわ》ててネコを寝床に戻した。

寝床も今は簡易のものではなく、ふかふかの大きなクッションが置かれている。ある日メイリンが嬉々《きき》として持ってきたものだ。

軽やかにクラウスの腕から抜け出したネコは、人間のことなどどこ吹く風でぺろぺろと前足を舐《な》めている。

これには私も思わず笑ってしまった。

公爵であるクラウス相手に、これほど自由気ままに接することのできるのはネコぐらいだ。

ひとしきり笑って落ち着くと、クラウスがやけに優しい顔で私を見下ろしていることに気が付いた。

「どうかなさいましたか?」

「いや」

クラウスは手のひらで口元を覆うと、私から視線を逸《そ》らした。青白かった顔に、うっすらと赤みがさした気がする。

『……ま』

その時ふと、聞きなれぬ声が聞こえた。

クラウスのものではない、高い声だ。

「メイリン、何か言った？」

思わずそう尋ねるが、メイリンは戸惑ったように首を左右に振った。

「いえ何も……」

どうやら声の主ではメイリンでもないようだった。

ならば一体、なんだったのだろう。

空耳か、或《あ》るいは部屋の外にいる誰かの声が聞こえたのだろうか。


その夜のこと。

真夜中に、なぜかふと目が覚めた。いつもぐっすり眠っているので、こんなことは珍しい。

ふと、枕元に光る二つの宝石が浮かんでいることに気が付いた。

あまりにも不思議な光景に、最初は夢かと思った。けれど宝石が少しだけ動いたことで、それがネコの目であると知った。

「ネコ？」

ゴロゴロと、温かい獣《けもの》が喉《のど》を鳴らしている音がした。

手を伸ばすと、闇《やみ》の中にさらさらとした滑らかな毛が触れた。手に馴染《なじ》んだ感触だ。

「どうしたの？」

こんな風にネコが寝台に上ってきたのは初めてだ。

だが、ぼんやりとしていられたのはそこまでだった。

『あるじさま』

耳慣れない声がした。

部屋の中には私しかいないはずだ。

恐る恐る体を起こす。

明かりの落ちた部屋の中を見通すことはできないが、やはり自分とネコ以外の気配はない。

「誰かいるの……？」

しんと静まり返った部屋の中に、心細そうな声が響く。きっと呼べば寝ずの番をしている使用人の誰かが来てくれるはずだが、具体的に何か起こったわけでもないのに人を呼ぶのは気が引けた。

寝ぼけていたのだろうと再び横になろうとすると、傍《かたわ》らのネコが鳴いた。

「ネコ？」

闇の中にうっすら白く輝くネコが、私の膝の上に登ってきた。

「どうしたの？」

右手でネコの毛を撫《な》でる。

普段から懐っこい猫ではあるが、自《みずか》ら膝に乗ってくるのは珍しい。

『あるじ様！』

まただ。

すぐ近くで声がした。

けれど驚いたのはそれだけではない。謎の声は、ネコが口を開いたのと同時に聞こえたのだ。

まるで、ネコが人の言葉を喋《しゃべ》ったかのように。

多分、その時の私はどうかしていた。そんなことはあるはずがないのに、ネコが話しかけてきたのではと一瞬でも疑ってしまったのだ。

「まさか……あなたなの？」

するとネコは嬉しそうに頭を私の手に擦《す》り寄せてきた。

『やっと気づいてくださいましたね。聖女様！』

やっぱりその声は間違いなく、私の膝の上から聞こえてきていた。


蠟燭《ろうそく》に明かりをともすと、蜜蠟《みつ》の甘い香りがした。

ネコは炎を恐れることもなく、サイドテーブルで大人しくお座りをした。

「さっき喋ったのは、あなた？」

恐る恐るテーブルに近づき、私は尋ねた。

ありえないと思いつつ、確かめずにはいられなかったのだ。

ネコはとても機嫌がよさそうだ。

『はい。ようやく言葉を交わすことが叶いました』

信じられないことに、目の前のネコがそう話しているように聞こえるのだ。

やはり私はおかしくなってしまったのか、それともこれは夢なのか。

『私の名前はソフィアと申します。聖女様を補佐するため、天より遣わされて参りました。ですが途中で悪魔に邪魔され、闇に侵され人語を話せなくなっていたのです。毛の色が濃灰《のうかい》に染まっていたのが、その証拠』

ソフィアが語る言葉は、俄かには信じがたいものだった。

ネコが天から遣わされたことも、今まで見てきた姿が悪魔による妨害を受けた姿であったということも。

「その、ソフィア？　確かに私は聖女かもしれないと言われているけれど、具体的に何かができるわけじゃ……」

『ご謙遜を。長年王妃に取り憑いた悪魔を退《しりぞ》けたではありませんか。なにより、闇の祓《はら》われたこの身こそがその証《あかし》』

ソフィアはそれを知らしめるように立ち上がり、白い毛を擦り寄せてきた。

そう、白だ。灰色だった体はもはや、闇の中で輝きを放つほどに眩《まぶ》しい白色をしていた。

それらの驚きのせいで思わず聞き逃してしまいそうになったが、ソフィアはどうやら昨年起きた王妃イライザの事件を知っているらしい。

見かけからして、この猫はその頃まだ生まれてもいないはずなのだが。それどころか、子猫には理解することも難しい出来事に違いないのに、だ。

だが誇らしげな様子はすぐになりをひそめ、ソフィアは気落ちしたように俯《うつむ》いてしまった。その顔には、まるで人間のごとき複雑そうな表情が浮かんでいる。

『ですが聖女を補佐するべき宝石は、かつての戦いで砕け散ったまま』

その言葉が意味しているのはおそらく、失われた青の貴婦人のことだろう。長年アスガル公爵家の家宝として受け継がれてきた〝青の貴婦人〟は先々代の折に砕け、代わりに公爵家が似せて造った首飾りが伝わっていた。

『悪魔が祓われたことは、各地の悪魔にも伝わっております』

深刻そうなソフィアの顔を見ていると、もう夢や気のせいでこの現象を片付けることはできないと感じた。

『宝石を持たずにそれらと相対するのは、あまりに危険。そのために、天は私を遣わしたのです』

「あなたを？」

『そうです。私は破魔の宝珠から生まれた者。必ずやあなたのお力になりましょう』

闇に浮かび上がる双眸《そうぼう》が、爛々《らんらん》と青く生々しい輝きを放っていた。

「待って、よく分からないわ。あなたの言う他の悪魔たちもまた、この地にやってくるというの？」

ソフィアは重々しく頷《うなず》いた。

小さな顎《あご》がこくりと下を向く。

『あらかじめ伝えておきますが、悪魔に同族意識はなく、一匹倒したところで仕返しをしようとは思わないでしょう』

「それじゃあ……」

『ですが、聖女によってそれがなされたとなれば話は別です。聖女は悪魔にとって己を消し去る可能性を持つ者であり、同時に甘美な贄《にえ》なのです』

「贄？」

『そうです。聖女の死体を喰《く》えば、悪魔は大きな力を得ることができる』

ぞっとした。

全身を怖気《おぞけ》が走る。

「そんな！」

驚いて声を上げた時だった。

「アビゲイル様？　起きてらっしゃいますか？」

部屋の外から、不寝番《ふしんばん》をしているメイドが声をかけてきた。どうやら騒がしくしすぎたらしい。

「にゃーん」

もう話は終わりだとばかりに、ソフィアは猫らしい鳴き声を上げた。

私はすっきりとしない気持ちを抱えつつ、冷えた寝台に戻ることになった。


翌日のことだ。

朝食から部屋に戻ると、ソフィアが慌てたように駆け寄ってきた。

「ソフィア？」

いつもは誰が部屋に来ようが構わず眠っているので不思議に思っていると、異変に気づいたメイリンが近づいてきた。

「あら、名前をお付けになったんですか？」

メイリンの問いかけに、咄嗟《とっさ》に返事をすることができなかった。

自分が付けた名前ではないが、確かに昨日までと呼び名が変わっているのだからメイリンからはそう見えるだろう。

「そ、そうなの。変かしら？」

「いいえ。いい名前だと思います」

そう言ってメイリンはしゃがみ込み、熱心に私の匂いを嗅《か》いでいるソフィアを撫でた。

「よかったわねソフィア。素敵な名前を付けてもらえて」

本当は自分で名付けたわけではないので、なんとも言えない居心地の悪さを感じた。

だがソフィアの言葉で、すぐにそんなことはどうでもよくなった。

『聖女様。どうして悪魔の匂いがするんですか？』

思いもよらぬ言葉に、私は体を固くした。

朝の支度の時も思ったが、どうやらメイリンにはソフィアの声が聞こえないようだ。

なので迂闊《うかつ》に問い返すこともできず、どうするべきか必死に頭を巡らせる。

「メイリン。喉が渇いたからお茶を用意してもらえる？」

私がお願いすると、メイリンは笑顔で請け負い部屋を出て行った。

嘘《うそ》をついてしまって申し訳ないが、彼女の前でソフィアを問いただすわけにもいかないので仕方ない。

「悪魔の匂いって、どういうこと？」

私の問いに対して、ソフィアはまだ熱心にドレスの匂いを嗅ぎながら言った。

『知らぬうちに、悪魔が接触してきているのかもしれません。警戒が必要です』

ソフィアの声は真剣そのものだった。

私はごくりと息を呑《の》む。

先ほどまで一緒にいたのは、ロビンとバーバラだ。私は二人の顔を思い浮かべる。友好的とは言えないかもしれないが、彼らが人間以外の何ものかであるとは考えづらい。

そもそも悪魔というものを、私は詳しく知らない。

相対したことがあるのは一度きり。悪魔はこの国の王妃の体を乗っ取っていた。

悪魔は美しい女の姿だった。

私の両親を陥《おとしい》れたと聞いたが、生まれる前の出来事を想像するのは難しい。

ただ王宮で相対した時は、恐ろしくて堪《たま》らなかった。それはクラウスを傷つけられるかもしれないと思ったからだ。

その時に初めて気が付いた。

自分の中でクラウスがどれほど大きな存在になっていたか。

ソフィアの言う悪魔がもしクラウスに危害を加えようとしたら——。

そう考えると、いてもたってもいられなくなった。相手が悪魔だろうがなんだろうが、クラウスを傷つける相手は決して許さない。

「ソフィア。悪魔を見つける方法を教えて」

透き通った宝石のような青い目が、じっと私のことを見上げていた。

その日から、ソフィアは私に色々なことを教えてくれた。

悪魔に狙われるといっても、悪魔は聖女の存在を感じ取れるわけではないらしい。

だが王妃に取り憑いていた悪魔が駆逐《くちく》されたことは広まっており、聖女を探してこの国に集まっている可能性があるというのだ。

そして誰でも悪魔に取り憑かれるわけではなく、我欲が強い人間が狙われやすいということ。

ちなみに、どうして最初の青の貴婦人が失われた時ではなく、今になってソフィアはやってきたのかということも聞いた。

ソフィアが言葉を失っていたことから分かるように、天からの遣いは必ず悪魔からの妨害を受けるのだそうだ。

というよりも、悪魔に聖女の居所がばれないよう、かなり遠回りをしてこなければならないらしい。

ソフィアの前にも聖女を守るための遣いがいたらしいのだが、おそらく死んでいるだろうとソフィアは言った。

聖女の血を引くという父や伯母の周りにもそれらしい存在はいなかった。それどころか血縁の誰かが聖女の力を発揮しているところを見たことはない。

なのでここにソフィアがやってこれたのは、本当に奇跡のような確率だったらしい。

信じられないことも多いが、ソフィアの話は一応筋が通っている。

なにより、はじめは灰色だったはずが今やすっかり白猫となったソフィアを見ていると、もう信じるしかないのではという気持ちになってくる。

それはおそらく、今日まで世話をしてきたことで、ソフィアに対する親近感を抱いているせいもあるだろう。

けれどソフィアから聞いた内容はおろか、その正体さえ誰にも話すことはできなかった。

信じてはもらえないだろうという懸念が、一番にあった。

ソフィアの声は私以外誰にも聞こえないのだ。ソフィアに教えてもらったと言ったところで、おかしくなったと思われるのがオチだろう。

そういった理由もあり、私はとにかく自力でどうにかしようと、屋敷内で悪魔探しを始めた。

誰かに取り憑いた悪魔は、正体を現すまで普通の人間と区別することができない。手がかりはあの日ソフィアが感じ取ったという悪魔の匂いのみだ。

方法は簡単だ。空いてる時間に、ソフィアを抱いて屋敷の中を探索するのだ。抱き上げるのは、その方が他人から隠して喋りやすいからだ。

「どう？」

その日は、使用人が寝起きしている建物の近くを歩いていた。

公爵家の敷地はとても広い。私たちが住んでいる建物だけではなく、そこに勤める沢山の使用人が暮らす寮が隣接している。

人目につかないよう敷地の隅をこそこそと歩いていると、ふと何か言い争うような声が聞こえてきた。

「ちょっと！　話が違うじゃない」

それは甲高《かんだか》い女性の声だった。

私はソフィアと顔を見合わせ、恐る恐る声がする方に近づく。

「お嬢様が離婚する気になるよう説得したら、お金をくれるはずでしょう？」

興奮したように声は続けた。

私は心臓を摑《つか》まれたような気持ちになった。離婚という言葉に、バーバラを思い出したからだ。

この家にいる既婚者でお嬢様と呼ばれる立場の人間など、バーバラを置いて他にはいない。

声がするのは、建物の角の向こうのようだ。

喉の渇きを覚えつつ、私はその角からゆっくりと向こう側をのぞき込んだ。

そこに立っていたのは予想通り、フィオメラだった。

彼女はひどく憤《いきどお》っている様子で、相手を怒鳴りつけていた。話し相手はちょうどフィオメラを挟んで向こう側にいるせいで、ここからだとその顔は見えない。

声もフィオメラの声ばかりよく聞こえて、相手の声はほとんど聞こえなかった。フィオメラが声高にまくし立てているせいかもしれないが。

「それじゃあ私はなんのために、クラウス様とお嬢様を閉じ込めたの？」

危うく声が出そうになった。

空いている手で己の口を覆う。

フィオメラの言葉が本当なら、今現在クラウスとバーバラは一緒にいるということだろうか。それもどこかに二人きりで。

いてもたってもいられなくなり、その場を後にする。

慌てていたせいで危うくソフィアを取り落としそうになった。

頭の中がどうしようでいっぱいになる。どこにいるかも分からない二人を、探し出すことなんてできるだろうか。

後になって冷静に考えてみれば、慌てて立ち去るようなことはせずフィオメラに二人の居場所を聞くべきだったと分かる。

けれどその時の私はすっかり動転しており、早く二人を見つけ出さなくてはとそればかり考えていた。

私の動揺は続いていた。

そのせいでソフィアを抱く手に力が入っていたらしい。

『く、くるしい！』

耐えがたいとばかりに、白い獣が私の手の中から飛び出した。飛び出した猫が、目の前で華麗に着地する。

はっと気づいて、地面に落ちたソフィアに謝罪した。

「ごめんなさい。痛かったわよね？」

ソフィアは前足をペロペロと舐めていた。

『お気を付けくださいませ』

ソフィアはそう言うと、私の腕に戻ることなく来た道を戻り始めた。

「待って！」

どうしよう。ソフィアを怒らせてしまったのだ。

私は焦った。

だがソフィアは冷静だった。

『落ち着いてくださいませ。アビゲイル様はクラウス様をお探しください。私は先ほどフィオメラが話していた相手を確かめてきます』

「え？」

思いもよらぬ提案に、咄嗟に返事をすることができなかった。

『先ほどかすかに、悪魔の匂いがしました。なのでもっと情報を仕入れねば』

「なんてこと……」

城で悪魔と相対した時のことを思い出し、背筋が凍る思いだった。

いよいよ身近にその存在が迫っているのだと、危機感が一瞬にして大きく膨らむ。

『アビゲイル様は屋敷へ！』

そう叫んだかと思うと、ソフィアはあっという間にその場を走り去ってしまった。

私も我に返り、急いで屋敷に戻る。玄関に控えていたフットマンに驚いた顔をされた。

「どうかなさいましたか？　アビゲイル様」

「クラウス様を知らない？」

「旦那《だんな》様ですか？　外出はなさっていないので、屋敷のどこかにいらっしゃるかと……」

詳しくは知らないようだが、屋外にいるわけではないと分かり捜索範囲は狭まった。

「ありがとう」

私はフットマンに別れを告げ、クラウスがいそうな場所を探し始めた。

まず最初に思い浮かんだのは、クラウスが在宅時に多くの時間を過ごす書斎だ。彼はこの部屋で届いた手紙に目を通したり、領地から送られてくる書類を決裁したりしている。

仕事の邪魔になるので、私がこの部屋に来る機会はそれほどない。中に入った回数は、この一年でも両手で足りるほどだ。

荒い息と高鳴る鼓動を抑えて、厚い扉をノックする。

すると中から足音がして、内側から扉が開いた。

だがそこに立っているのはクラウスではなく、家令のロビンだった。

「……これはこれは、アビゲイル様、どうしたのですか？」

まさか訪問者が私だとは思わず、ロビンは驚いているようだ。

「どうかなさいましたか？　随分《ずいぶん》お急ぎのようですが」

「クラウス様はこちらにはいらっしゃいませんか？」

その瞬間、ロビンが少しだけ動揺したように見えた。だが流石年の功と言うべきか、彼がそれ以上感情の動きを見せることはなかった。

「いえ。ちょうど私もクラウス様を探していたところなのです」

この屋敷の全てを取り仕切っているロビンが、主《あるじ》であるクラウスの居場所を知らないという。これはとても珍しいことだ。なぜならロビンの最も重要な仕事は、いついかなる時もクラウスの補佐をするというものだからだ。

「実は、クラウス様を閉じ込めたと話している方がいたので、気になって」

私がフィオメラの言葉を思い出しながらそう言うと、ロビンの表情が明らかに変わった。

ちなみに、バーバラも一緒だとは口にすることができなかった。私自身がまだ半信半疑で、一緒かもしれないと口にすることすら抵抗があったからだ。

「なんですって!?　どういうことですか」

ロビンは明らかに初耳だという様子で、私の肩を摑んできた。

その力は強く、どれだけ彼が動揺しているのか伝わってくるようだった。

「し、失礼しました」

しかし彼はすぐに我に返ると、慌てて手を離した。

いつも冷静なロビンだが、やはりクラウスのこととなると勝手が違うようだ。

「それで、その話をしていた者というのは？」

「……バーバラ様の侍女《じじょ》です」

ロビンは驚きに目を見開いた。

「フィオメラがですか？」

ロビンは少し考えるような顔をした。

「とにかく、使用人に命じて旦那様を探させます」

「そうですね。ですが、もしかしたら私の聞き間違いかも……」

ロビンと話したことで、私も冷静さを取り戻しつつあった。考えてみれば、女性であるフィオメラがクラウスを閉じ込めることが果たして可能なのだろうかと、疑わしく思えてくる。

そもそも、平民であるフィオメラが貴族であるクラウスを害するだなんて、本当であればとんでもないことだ。

私の従兄《いとこ》にそうしたように、贖罪《しょくざい》させるとなればクラウスも容赦《ようしゃ》はしないだろう。

つまり何が言いたいかというと、あまりにもフィオメラのリスクが大きいということだ。

失敗するか、或いは自分が犯人だと分かればただでは済まないというのに、本当にそんなにリスクが高いことをするだろうか。

一方で私は、自分の証言によってフィオメラが処罰されるかもしれないという事実に気づき、情けないことに尻込《しりご》みしていた。

「どちらにしろ旦那様を探さねばならぬことに変わりはありません。旦那様が無事なら何事もなかったことにすればよいのです」

ロビンはあくまで冷静だった。

そしてちょうど通りかかった執事の一人を呼び止め、手の空いている使用人にクラウスを探させるよう命じた。

こうしてはいられない。私もクラウスを探さなければ。

「ロビン。どこか人を閉じ込められるような場所はありますか？」

ロビンは眼鏡を外してレンズを拭《ぬぐ》いつつ、視線を彷徨《さまよ》わせる。それは彼が考え事をしている時の癖だった。

「外から鍵のかかる部屋という意味であれば、そのような部屋はございません。また誤って鍵がかかってしまったような場合でも、クラウス様はマスターキーをお持ちのはず」

それであれば、クラウスを屋敷のどこかに閉じ込めるというのは至難の業だ。

そもそもフィオメラは我が家に来てまだ日が浅く、ロビンすら知らない場所を知っているとは考えづらい。

「では、一体どこに？」

しばらく考えた後、ロビンが不意に口を開く。

「そういえば、西翼《せいよく》の屋根裏部屋の鍵が壊れて開きづらくなっているので、修理の業者を呼んでいるところなのですが……」

ロビンの言葉を聞くのと同時に、私は駆けだした。

「アビゲイル様!?」

裏返ったようなロビンの声が背中を追いかけてきたけれど、足を止めることはできなかった。

私の生活エリアは屋敷の中央部分に寄っており、普段西翼に近づくことは滅多にない。

走りながら、そういえばバーバラの滞在している部屋は西翼にあるのだと思い出していた。

すれ違った使用人が、驚いた顔で私を見る。

そういえばこんなに必死に走ったのは、久しぶりかもしれない。

実家にいた頃とは違い、公爵家に来てから全力で走る機会など皆無だった。むしろ日頃からおしとやかに過ごすことが重要視されていたので、走らないよう心掛けていた。

後でロビンに怒られるだろうし、きっと筋肉痛で全身が痛むだろう。階段を駆け上ると心臓が破れそうなほど息が上がった。

いつの間にか私は、実家で生活していた頃の私とは全く違う人間になっていたようだ。必死に走っている今も、できるだけ音をたてないようにしてしまう。走っている時点でそんなこと無駄なのに、だ。

「はあ、はあ」

そうしてようやく、屋根裏部屋のものと思われる小さな扉にたどり着いた。

他の部屋に使われているような艶のある大きな扉と違い、なんの彫刻もされていない簡素な物だ。

そしてその扉には、明らかな異変があった。

内側からどんどんと、扉を叩く音がする。

私は息を整えながら、どうにか扉に向かって問いかけた。

「クラウス、様？」

すると激しく叩かれていた扉の向こうが、しんと静まり返った。

『誰かいるのか!?　ここを開けてくれ』

くぐもったその声に、私はなぜだか心底安心してしまった。なぜかは分からないけれど。

すぐに扉を開けようとしたけれど、驚いたことに扉のノブが外されてしまっていた。

これではどう開けていいか分からない。

返事がないことに焦《じ》れたのか、クラウスが再び扉を叩き始める。

自分だけではどうにもできないと分かり、私はすぐに人を呼ぶべきだと判断した。だがその前に、クラウスを落ち着かせなければ。

今のように扉を叩き続けていたら、その手が傷ついてしまう。

「クラウス様、落ち着いてください。すぐに人を呼んで参ります」

再び扉を叩く音がやんだ。

『その声は……アビーか？』

名前を呼ばれると、安堵《あんど》のあまり涙が出るかと思った。

無意識に扉の表面に手を這《は》わせる。

「そうですクラウス様。すぐにお助けします」

その時、私の後ろから沢山の足音が階段を駆け上ってきた。おそらくロビンが指示した使用人たちだろう。

本当にクラウスが閉じ込められているなんて思わなかったけれど、無事見つけることができて心底ほっとした。

まもなくやってきた使用人たちの手によって、屋根裏部屋から無事クラウスとバーバラが救助された。

二人とも怪我《けが》はないものの、クラウスはひどく疲れた様子だったし、バーバラの服は乱れ、言葉少なだった。

そんな中クラウスは、外に出ると真っ先に私のもとにやってきた。

ふらふらしているので早く休んでほしいと言いかけたところで、クラウスはなんの前触れもなく私を強く抱きしめた。

「クラウス様？」

周囲の視線が痛いほどだ。

一体何が起こっているのかと、私自身訳が分からなかった。

「無事でよかった……」

耳元でクラウスが呟《つぶや》く。

救出されたのはクラウスの方だというのに、どうして彼はこちらの心配をしているのだろう。

一方で、生暖かい視線を送る使用人たちの隙間から、バーバラがこちらを見ているのが見えた。

彼女は埃《ほこり》でドレスを汚し綺麗《きれい》に結い上げられた髪も少しほつれている。

そんな彼女と、ふと目が合った。

空色の瞳で、彼女はまっすぐに私を睨《にら》みつけた。


長いブルネットの髪は、姉であるイライザを思い出させた。

クラウスの姉は、悪魔に取り憑かれていた。それがどれほど前からなのか、それは分からない。

真実の彼女がどんな人物であったのかも、もはや深い霧の中だ。

「大変です！　アビゲイル様がっ」

息を切らした女は、そう言った。

女は屋敷に滞在している侯爵夫人の侍女だった。

彼女は言った。侯爵夫人に屋敷を案内していたアビゲイルが、鍵の壊れている西翼の屋根裏部屋に閉じ込められたのだと。

なぜそれを最初にクラウスに言いに来たのか。他の男性使用人に頼ることもなく。

そんな疑問は、後になって思い浮かんだことだ。言われた時はただ、アビゲイルを助けなければとそれだけだった。

埃っぽい部屋に、疲れた様子の女性が横になっているのを見て、慌てて駆け寄る。

「アビー無事か！」

その時、背後で扉が閉められた。

昼だというのに部屋の中が真っ暗になり、目の前の女性の気配しか感じ取れなくなった。

「クラウス様……」

クラウスを呼ぶ声は、か細く小さかった。

小さな手が伸びてくる。咄嗟にクラウスはその手を摑んだ。けれどすぐに、違和感に気づく。

最近ようやく、目に見える傷が癒《い》えたアビゲイルの小さな手。

けれどその皮膚《ひふ》には、絶え間なく机に向かうことでついたペンだこがあることを、クラウスは知っている。

その手にはそれがなかった。

クラウスはすぐに相手から距離を取った。

「君は、誰だ」

相手が息を呑んだのが分かった。

第三章　疑念

クラウスとバーバラのために医者が呼ばれ、屋敷の中は俄《にわ》かに騒がしくなった。

流石《さすが》と言うべきか家令であるロビンに抜かりはなく、事情を聞くためという名目で気づいた時には既《すで》にフィオメラの身柄は確保されていた。

フィオメラに対して、ソフィアは悪魔の匂いがすると言っていた。もっともそれは、彼女自身かそれとも話していた相手から香ったものか、分からなかったのだが。

そういえば、フィオメラはここにいるというのに彼女のもとに戻ったソフィアはまだ帰っていない。

私が去った後に、何かあったのだろうかと心配になる。

「尋問は我々が行います。アビゲイル様の証言も、他の使用人がしたことにいたしましょう」

クラウスは診察を受け休んでいる。

ロビンの提案は、おそらく私を気遣ってのことだ。

遠目に見ただけだが、拘束されたフィオメラは、バーバラのもとに帰せとかなり反抗的な態度をとっている。

クラウスの監禁容疑について、まさか自分に嫌疑がかかっているとは夢にも思わないのだろう。それもある意味当然で、私の証言がなければ彼女は疑われることもなく野放しになっていたはずだ。

ロビンはフィオメラの敵意が、私に向かないようにと配慮してくれているのだ。

だが、私はそうすべきではないと思った。

いつまでもクラウスやロビンに護《まも》られているだけでは、いつまでたってもこの屋敷の女主人になんてなれやしない。

「いいえ。尋問には私も参ります」

「な……っ」

驚いたのか、ロビンはしばらく言葉を失っていた。

「ですがそれでは」

「――いつまでも、護られているだけの人間にはなりたくないのです」

ロビンの言葉を遮《さえぎ》って思いのたけをぶつけると、優秀な家令は再び黙り込んだ。

私は知りたかった。フィオメラがどうして犯行に至ったのか。あの時話をしていた相手は誰なのか。

ロビンに尋問をしてもらったら、きっと私はこの件に二度とタッチできなくなるだろう。少なくとも、クラウスは止めるはずだ。

けれど私は、もうこの屋敷の部外者ではいたくなかった。

ロビンならば、たとえ反対だったとしても、最終的に私の意思を尊重するしかない。

「後悔なさるかもしれませんよ」

最後のあがきのように、ロビンが言った。それに対する私の返事は決まっていた。

「ここで背を向けても同じことです」

その場に重い沈黙が落ちる。

やがて大きなため息をついて、ロビンは私をフィオメラのもとに案内してくれた。


拘束されたフィオメラの顔は、以前見た何倍も険しく歪《ゆが》んでいた。

「さっさと放しなさい！　私はバーバラ様の侍女《じじょ》よ」

彼女を捕まえているフットマンたちは、暴れるフィオメラに手を焼きつつなんとか彼女を傷つけないようにしてくれているらしかった。

警備のための兵士が捕まえてしまうと、おそらくフィオメラに怪我《けが》をさせてしまう。そのための配慮なのかもしれないが、フィオメラはどこを縛られているわけでもなくフットマンの足を踏んだりとやりたい放題だった。

フィオメラは部屋に入ってきた私に目を止めると、ようやく動きを止めた。

可哀相《かわいそう》に顔にひっかき傷を作ったフットマンが、泣きそうな顔でこちらを見ている。

「どうしてこんなことになっているか、分かりますか？」

強い口調で話しかけると、フィオメラは少しだけ驚いたような顔をした。

「公爵夫人……いえ、ご結婚はまだでしたね。伯爵令嬢のアビゲイル様がなんの御用でしょうか？」

この言葉を聞いた時、やはりこの人の中で私は見下し邪険にしてもいい相手だと認識しているのだと理解した。

話を長引かせるのは避けたい。私は最初から本題に入ることにした。

「フィオメラ。あなたがクラウス様とバーバラ様を屋根裏部屋に閉じ込めたことは分かっています。これがどういうことか分かりますか？」

そう言った途端、フィオメラの顔色が変わった。

彼女は私に摑《つか》みかかろうとして、フットマンに止められていた。

可哀相にまたしてもヒールで足を踏まれた彼には、後で見舞金を出すようにお願いしておこう。

「誰がそんなことを？　そんな話を信じるなんてどうかしています」

「あなた自身がその話をしていたのよ。使用人の寮の裏手で」

私がそう言うと、フィオメラはぎくりと体を強張《こわば》らせた。

一応まずいことを話していた自覚はあるらしい。

「バーバラ様のみならず、クラウス様の身を危険にさらしたあなたの罪は重いわ」

「使用人のたわごとを信じるおつもりですか？　わたくしを罰すれば侯爵家との間で問題になりますわよ」

フィオメラはまっすぐに私を睨《にら》みつけていた。

部屋の中の空気は凍り付いたようで、普段よりも時間の進みが遅く感じる。

「……話を聞いたのは私です」

そう口にした瞬間、室内の温度が更に下がった気がした。

フィオメラの顔は目じりが吊《つ》り上がり、今にも私に襲い掛からんばかりだ。二人のフットマンが必死に止めているが、それでも止めきれずに床をわずかに滑っている。

「私を貶《おとし》めて楽しい？　どうしてあんたばかりがいい思いをするのよ！」

突然の暴言に、私よりも使用人たちの方が動揺していた。

何が彼女を、ここまでさせるのだろう。

恐ろしいと思うより、不思議が勝った。

そもそも、フィオメラに会ったのは彼女たちが公爵家に来たばかりの頃。ロビンの授業が最初のはずだ。

なのにどうして、彼女は私を知っているような口ぶりで話すのだろう。

「没落したのはあんたも同じなのに、どうして！」

「連れていけ！」

ここでいい加減危険だと思ったのか、ロビンが後ろから叫んだ。

飛びつくように私の後ろから兵士がやってきて、あっという間にフィオメラを連れていってしまった。

騒がしい部屋の中で、私だけが取り残されたようにぼんやりとしていた。

フィオメラの言葉は一理ある。この家で私は、なんの義務も果たしていないのに溢《あふ》れるように与えられるばかりだ。

「アビゲイル様」

ロビンに名を呼ばれ、はっと我に返る。

先ほどの無謀を叱《しか》られるのかと思った。なにせその時のロビンは、とても怖い顔をしていたので。

けれど続いてロビンの口から出たのは、思いもよらぬ言葉だった。

「もっとご自分を大事になさってください」

大事にするというのは、どういうことだろう。もう十分大切にされている。飢《う》えない食事。休養。世話をしてくれる人々。

だが質問をする前に、ロビンは気まずそうにしながら慌《あわ》ただしく部屋を出て行ってしまった。

それからすぐにメイリンが迎えに来て、私は部屋に戻ることになった。

「まったくもう！　心配したんですよ」

部屋に戻って一息つくと、メイリンに怒られてしまった。

「ねえ、クラウス様の体調は……」

「まずはご自分のことですよ。その格好のままではクラウス様にも心配されますよ」

そう言われてみると、黒いドレスは走ったせいであちこちほつれたりよれたりしていた。ソフィアを抱き上げていたので、白い毛もついている。

「ごめんなさい……」

私は非常に申し訳ない気持ちになった。

メイリンに言われるがまま湯あみをさせてもらって、着替えて、気づくと外はすっかり暗くなっていた。

暦《こよみ》ではもうすぐ夏になるはずだが、夜になるとまだ肌寒い。

そうこうしている間にあっという間に夕食の時間になってしまった。

バーバラはどうしただろうかと思いながら食堂に降りると、そこにはいつもと違いクラウスが待っていた。

「クラウス様！」

私は思わずクラウスに駆け寄った。

彼は少し疲れた顔をしていたが、先ほどより落ち着いた様子だった。

「ご無事でよかった……」

クラウスは少し照れた様子だった。

「いや、そのなんだ……。アビーの危機だと言われ、誘い出されてしまったのだ。心配をかけて悪かった」

どうやらフィオメラは、そう言ってクラウスをあの屋根裏部屋に誘導したようだ。

「アビー」

クラウスは突然真面目な顔になると、じっとこちらを見つめた。そして両手で私の肩を掴み、逃げられないようにしてしまう。

突然空気が変わったことに戸惑いを覚え、何を言われるのかと緊張が走る。

「信じてほしい。俺はバーバラ嬢とあの部屋に閉じ込められたが、誓って何もしていない」

クラウスの言葉は、思ってもみないものだった。

なので咄嗟《とっさ》にはうまく反応できずに、曖昧《あいまい》な相槌《あいづち》を打つ羽目になった。

「え？　ええ」

「信じてくれ！」

肩に置かれたクラウスの手に力が入る。

だが私としては、どうしてクラウスがそんなに必死になるのか、そちらの方が分からない。

「信じるもなにも、何が起こるというのですか？」

「……う」

疑問に思い質問すると、クラウスは言葉に詰まった。

「やっぱりお疲れなのでは……」

「そ、そうだな」

その日は久しぶりにくつろいだ夕食の時間を過ごすことができた。

それにしてもクラウスが少しだけ居心地悪そうにしていたのは、一体どうしてなのだろう。


穏やかな夕食を終えて、夜が深まった頃。

「本当に、どこに行ったのでしょうか」

寝支度を手伝ってくれていたメイリンがぼやく。

彼女が言っているのは、いつまでたっても戻らないソフィアのことだ。

怒ったようでありながら、メイリンがソフィアを心配しているのが伝わってきた。それは私も同じことで、いつまでも戻らないソフィアにまんじりともしない気持ちだった。

明日になったら使用人にお願いして探してもらう。そうメイリンと約束し、寝台に横たわる。

今日は一日で色々なことがあった。あまりにも目まぐるしすぎて、昨日のことなど遠い昔のように感じられる。

クラウスが無事でほっとしていた。

ソフィアが心配なのは間違いないが、今はクラウスの無事を喜ぶ気持ちの方が大きい。

彼を探している間、頭の片隅《かたすみ》に拭《ぬぐ》い去ることのできない不安があった。それはもしかしたらクラウスが、悪魔の手に落ちてしまうかもしれないというものだ。

ソフィアが感じた悪魔の気配。

私にとって悪魔は、何をしでかすか分からないとても恐ろしい存在だ。実際に相対したからこそ、怖いという思いが生まれた。

そうでなければ、クラウスが閉じ込められてもここまで狼狽《うろた》えることはなかっただろう。

悪魔はクラウスの姉であるイライザの体を乗っ取り、沢山の人の運命を変えた。

なぜそんなことをしたのかすら分からない。私たち人間から見れば、彼らは完全に未知の存在なのである。

人にできないことを軽々と成し遂げ、理由なく人の人生を狂わせる。

未知への恐怖。警戒。今日改めて、私は自分の中にあるその恐れと対峙《たいじ》することになった。

きっとこの屋敷に来る前なら、悪魔のことを知っても狼狽えたりはしなかったはずだ。

自分の命さえ、惜しくはなかった。大切なものなど何もなかったのだから。

でも今は——。


翌朝、あれほど心配したソフィアは何事もなかったようにひょっこりと帰ってきていた。

目が覚めると、いつの間にかお気に入りのクッションの上で寝息を立てていたのだ。

「よかった！　ソフィア……」

声を押し殺しつつ駆け寄って、ソフィアを抱き上げた。手のひらにふわふわとした毛皮の感触が伝わる。

外を走り回ったせいか、ソフィアからはいつもと違い土と草の香りがした。

『聖女様……』

可哀相に、抱き上げたせいでソフィアは目を覚ましてしまった。普段なら起こさないよう気を遣ったと思うが、今朝はどうしても我慢ができなかったのだ。

「怪我はしてない？」

白い毛のあちこちに手を這《は》わせる。小さい頭。柔らかい胴体。ふさふさの尻尾《しっぽ》に筋張った細い足。

大人びた話し方をするから忘れそうになるが、その体はまだ頼りない子猫のものだ。

私は容易《たやす》く別行動したことを後悔した。外は子猫の体を持つソフィアにとって危険がいっぱいだということを忘れていたのである。

安堵《あんど》のあまり、泣きそうになってしまった。洟《はな》を啜《すす》って、必死に涙を堪《こら》える。

叫んだのが聞こえたのか、部屋の中にメイリンが入ってきた。

「アビゲイル様、どうなさったのですか？」

彼女はすぐに私とソフィアに気づくと、心得たようにお湯で絞った布巾を持ってきてソフィアの体を拭き清めてくれた。

「少し早いですが、アビゲイル様もお着替えなさいませんと」

メイリンは仕方のない子供に言い聞かせるように優しい口調で言った。ソフィアの体を抱きしめたので、私の白い夜着もしっかり汚れてしまっていた。

自分でもまるで子供のようだと思え、照れ臭く思いつつメイリンの指示に従う。

メイリンに綺麗《きれい》にしてもらっている間、ソフィアは不服そうに耳を伏せていた。細くなった尻尾がメイリンの腕を叩く。

その様子を微笑《ほほえ》ましく眺めながら、私は深い安堵を覚えていた。

そしてまたいつも通りの日常に戻るのだと、その時の私は信じて疑いもしなかったのだ。

その直後に、地獄に叩き落とされるなんて思いもせずに。

汚れ物を持ってメイリンが去った後も、ソフィアはひどく不機嫌そうだった。

「そう怒らないで。あのままでは屋敷を汚してしまうわ」

戯《たわむ》れに言い聞かせると、ソフィアはもの言いたげに私のことを見上げてきた。衝動に勝てず、その小さな体を抱き上げる。

白くてふさふさの尻尾が、たしたしと私の手を叩いた。

『聞いてください。悪い知らせです』

落ち着いた声音《こわね》で、静かにソフィアは言った。

『フィオメラが話していたのは、メイリンでした』

その瞬間、世界から音が消えた。


その日一日はどう過ごしたのか、よく覚えていない。

午前中はいつものように授業を受け、午後は課題としてアスガル家の紋章を刺繍《ししゅう》していた。けれど頭は上の空で、誤って針で何度も指を刺してしまい、刺繍が血まみれになってしまった。

ソフィアはそんな私を、まるで観察するようにじっと見つめていた。

「今日はもう刺繍はおやめになってください」

涙目のメイリンに請われ、私は早めに休むことにした。

こんなに優しいのに、こんなに大好きなのに、彼女こそが悪魔だというのか。

ソフィアはおそらくと言って明言を避けたが、メイリンがフィオメラを唆《そそのか》してクラウスとバーバラを閉じ込める理由など、他にあるだろうか。

少なくとも私の知るメイリンは、そんなことをするはずがないのだ。

彼女ははじめから、私とクラウスの婚約が決まる前から、私に好意的な態度を見せてくれた数少ない人なのだ。

もしソフィアの言うことが本当なら、悪魔が取って代わったとしか思えない。

ようやく一人になると、今度は涙が出てきて止まらなくなった。

何度もそんなはずがないと否定し、そのたびにソフィアがやってきて言うのだ。

私と別れた後、フィオメラを目撃した場所に戻ったこと。そこにはまだフィオメラがいて、向かい合っていた相手はメイリンだったこと。

「でも、そんなのおかしいわ」

「だってメイリンはあんなに優しくて……」

『悪魔は人をそうして籠絡《ろうらく》するのです。その声は耳に優しく、内側から人間を搦《から》めとってしまう』

ソフィアの言葉は残酷だった。

「初めて私に優しくしてくれた人なの。今も……いつだって……」

泣いて泣いて、いくら泣いても涙が尽きない。

まだ誰も信じられずにいた頃、命じられてのこととはいえメイリンだけが私のことを案じてくれたのだ。

そんな彼女が悪魔だなどと、どうして信じられるだろう。

彼女と過ごした時間が脳裏《のうり》を過《よぎ》る。不安な時も、彼女の支えがあったからなんとかやってこれた。

「それにおかしいでしょう？　ソフィアはずっとメイリンと一緒にいたじゃない。なのにいままで悪魔の匂いに気づかなかったというの？」

『それは……』

「とにかく、私は信じないわ」

一晩泣き明かして、出した結論がそれだ。

ソフィアを疑っているわけではない。だが同時に、メイリンを疑うこともしたくない。私にはどちらも選ぶことができないのだ。

「もう二度と、この話はしないで」

私の言葉に、ソフィアは項垂《うなだ》れ黙り込んだ。

だがどんなにひどい気持ちでいても、変わらず朝はやってくる。

「おはようございます。アビゲイル様」

いつものようにメイリンが私を起こしにやってきた。

すっかり慣れたその声に、心が破けそうになる。

どうにか挨拶《あいさつ》を返そうとしたのだが、喉《のど》が嗄《か》れて声が出なかった。

私の顔を見たメイリンの顔から、柔らかな笑みが消える。まだ静かな公爵家の朝を貫くように、甲高《かんだか》い悲鳴が響き渡った。


メイリンが泣いている。

「どうしてお呼びくださらないんですか！」

初めて公爵家に来た時と同じように、私はお抱えのおじいちゃん医師に見てもらっている。

といっても、体に不調はない。痛いのは心の方だ。

「知恵熱ですね。しばらくはゆっくり休んでください」

医師は涙の跡には触れず、熱を下げるための煎《せん》じ薬と、腫《は》れに効くという軟膏《なんこう》を処方してくれた。

診察が終わり、待っていたのか医師と入れ替わりでクラウスが部屋に入ってくる。

「一体何があったんだ？」

クラウスはまず泣いているメイリンに詰め寄った。

違う。メイリンが悪いわけではない。

ソフィアは冷淡で、自分の寝床で丸くなったままこちらに近づいて来ようともしない。

「クラウス……様」

息苦しさを覚えながらクラウスを呼ぶと、彼はすぐにこちらに近づいてきた。

手を伸ばすと、クラウスのひんやりした手が私の手を握った。

「大丈夫か？」

「ごめんなさい。こんな時に」

いつもなら忙しいクラウスの手を煩《わずら》わせる罪悪感で、落ち込んでいたところだ。だけど今は、より深い悩みのせいで、そこまで考えが回らない。

「気にするな。アビーは普段から頑張りすぎなんだ」

自分こそ毎日忙しくしているのに、クラウスは私の心配ばかりだ。

「それに、一昨日《おととい》のことは俺が悪かった。お前は平気なふりをしていたが……やはり思い悩んでいたんだな」

クラウスが言っている意味が分からず、ぼんやりとその言葉を聞いていた。

彼には私が思い悩んで一夜を過ごしたことすら、お見通しだったというのだろうか。

冷静に考えれば、私にしか聞こえないソフィアの言葉を、クラウスが知っているはずがない。フィオメラにクラウスとバーバラを閉じ込めるよう指示したのが、メイリンだなんて。

それに言えるはずがない。言ってしまえば最後、きっとメイリンは無事では済まない。

結果として何も言うことができず、私は黙ってクラウスを見上げていた。

「バーバラとは、本当に何もなかったんだ」

クラウスの声を聞きながら、私は襲い来る眠気に抗《あらが》うことができなくなってしまった。話を聞かなければと思うのに、気づけば沈むように深い眠りに落ちてしまっていた。


目が覚めた時、もう部屋にクラウスはいなかった。

それどころかとっぷり日が暮れていて、一体どれだけ寝ていたのかと愕然《がくぜん》とした。

寝すぎたせいか、熱が出ていたせいか、頭が重い。それでもぐっすり寝たおかげで、ひどく落ち込んだ気持ちはいくらか持ち直していた。

ふと部屋の隅に置かれたクッションに目をやると、そこにソフィアの姿はなかった。

私がメイリンに対して疑いを向けないと決めたせいで、ソフィアとの間にも断固とした隔絶が生まれてしまったらしい。

けれど自分の判断に後悔はなかった。

どれだけ考えてみても、やはりメイリンを疑うことなんてできない。彼女と過ごした一年は、私にとってかけがえのない一年間だった。

他人から見れば大げさだと思うかもしれない。

でも感情を殺して生きてきたこれまでの十八年間と、この屋敷に来てからの一年間を比べることはできない。

薄情かもしれないが、母の死の知らせを聞いた時すらこれほど取り乱すことはなかった。

結局最後まで私に興味を持たなかった母より、メイリンの方が私の中で大きな存在になっていたと言えるのかもしれない。

ちょうどそこまで考えたところで、メイリンが部屋に入ってきた。

私が起き上がっていることに気づき、彼女が小走りに駆け寄ってくる。

「アビゲイル様。お目覚めでしたか」

彼女は私の額《ひたい》に手を這わせ、私の熱の具合を確認していた。

間近で見ても、彼女はいつものメイリンと何ら変わりがないように見える。

私は無意識で、メイリンに普段と変わったところがないか観察してしまった。そしてそんな自分に気づき、ひどく落ち込んでしまった。

追及しないと言いながら、心のどこかでメイリンを疑っているのか。

もし仮にソフィアの言っていたことが本当だったとして、私にはメイリンを切り捨てるという判断ができるのか。

できるはずがない。そんなこと考えたくもない。

「メイリン……」

名前を呼ぶと、メイリンは優しく私の顔をのぞき込んだ。

「どうしました？　アビゲイル様」

「私がクラウス様と結婚しても、ずっと傍《そば》にいてくれる？」

私の質問に、メイリンは不思議そうな顔をした。

「ええ、勿論《もちろん》ですアビゲイル様。他にも何人か侍女が追加されると思いますが、私も精一杯務めさせていただきます」

「そう……」

メイリンの返事に満足し、私は再び眠ることにした。


「アビーの言動がおかしい？」

婚約者の様子を報告させるため呼び出した侍女は、自らも困惑した様子でこう切り出した。

「はい。例のクラウス様が閉じ込められた事件以来、一人になるのを嫌がっているご様子で」

アビゲイルの侍女を務めるメイリンは、メイドから例外的に選出させた割によくやってくれている。

公爵夫人になれば慣例的に侍女は下級貴族出身と決まっているのだが、クラウスは平民出身のメイリンを侍女に据《す》え置き、後はアビゲイルとの相性を考えて何人かの侍女を追加すればいいと考えていた。

ロビンもメイリンの献身的な働きぶりには一目置いており、クラウスの考えを支持している。この堅物が人事関係で慣例を無視するというのはとても珍しいことだ。

アビゲイルの出自はかなり特殊なので、人事に関し相性を優先させるべきというのがロビンとクラウスの共通した意見だった。

この一年でアビゲイルの学習レベルは同世代の貴族令嬢と遜色《そんしょく》なくなったものの、その自己評価は相変わらず低いままだ。

それでもここしばらく彼女の精神状態は安定していた。猫を迎え入れてからは、笑顔を見る回数も多くなっていたというのに。

その矢先のこの出来事で、アスガル公爵家は動揺していた。

「ラザフォード侯爵夫人を預かったのは失敗だった」

クラウスは頭を抱えた。

「侍女がまさか主《あるじ》と他家の主人を部屋に閉じ込めるとは。世も末ですな」

アスガル公爵家に長年忠誠を誓っているロビンからすれば、フィオメラのしたことは信じがたい蛮行なのだろう。

「バーバラ夫人は無関係を主張しておりますが、おそらくそうではないでしょうな」

クラウスは大きなため息をつく。

「だろうな。部屋の中でバーバラは俺を誘惑しようとした。それも自分をアビゲイルだと誤認させた上で、だ」

「せめてもの救いは、事件が当家で起きたことですな。出先で同じようなことになっていれば、クラウス様も責任の追及を免《まぬが》れなかったでしょう」

男女が密室で二人きりになるというのは、大きな意味を持つ。

未婚の男女であれば、潔白を証明するため二人になるとしても部屋の扉を開けておくほどだ。

まして家同士の事情で結婚が決まる貴族社会において、恋愛は結婚後に子供を産んでから不倫で楽しむという風潮があり、それがより一層今回の件を複雑化させていた。

「問題は、今回の件をラザフォード侯爵に知らせるかということだな」

病で療養に出ているラザフォード侯爵は、クラウスにとって親交のある相手だ。

その若妻と事情があったとはいえ二人きりになってしまったなどとは、侯爵に知らせたくない。

だが事情を説明しなければ、公爵家としては侯爵家の所有物であるフィオメラを処分することができない。

同時にどうやってバーバラの口を塞《ふさ》ぐのかという問題もある。

常人の考えであれば自分の不利益を無視してバーバラが今回の件を言いふらすとは思えないが、

何をするか分からない相手だ。

今回の件を歪曲《わいきょく》されて吹聴《ふいちょう》でもされたら、潔白であれクラウスの名誉が傷つくのは間違いない。

バーバラは若く美しい娘だ。誤解だと訴えたところでどれほどの人が信じるだろうか。まして二人は、婚約者のいる若い男と結婚したばかりの新妻である。

二人の不倫は社交界に面白おかしく取《と》り沙汰《ざた》されるだろう。

娯楽に飢えた貴族には、悪質な噂《うわさ》こそ広まりやすい。

そうなった時のことを考えると、あらかじめ何があったかラザフォード侯爵側に説明し、バーバラとフィオメラの処分を求めるのが適切だろう。

それが分かった上で、クラウスは危惧《きぐ》しているのだ。

無垢《むく》なアビゲイルは今回の件を受けて不安定になっている。

ましてラザフォード侯爵との間でいざこざでも起きようものなら、最悪結婚式の延期も考えなくてはならない。

結婚式後にのんびりするために仕事を詰め込んでいたというのに、どうしてこんなことになったのかとクラウスは歯噛《はが》みした。

「わざわざ先方に知らせる必要はございません。奥方は乱心したとお伝えし送り返すべきでしょう」

ロビンの意見は辛辣《しんらつ》だった。

自分を信頼して新妻を預けてくれたラザフォード侯爵に、そんなことを言うのは気が重い。しかも相手は病で療養しているのだ。病人に鞭打《むち》つような真似を、どうしてできるだろうか。

考えた末、クラウスは決断した。

「使者の用意を」

クラウスは不満そうな顔のロビンを無視して、机の引き出しから便箋《びんせん》を取り出した。


体調が戻ってから再開されたマナーの授業は、それまでと違い異質だった。

まず、バーバラの姿がない。当たり前だがフィオメラも同様だ。

私はしばらく寝込んでいたので、結局バーバラやフィオメラがどうなったのか知らされていなかった。部屋を出るのすら久しぶりのような有様《ありさま》で、屋敷の中にいるかどうかすら分からない。

そもそもメイリンのことで頭がいっぱいで、今日まで彼女たちのことを考えもしなかった。

けれど異質なのは、それだけではなかった。

「今日は男女の距離についてご説明いたします」

そう言ってから、ロビンは重い咳《せき》払いをした。

「距離……ですか？」

それだけでは、どんな内容なのか全く想像がつかない。

「えー、そもそもアビゲイル様のような若い未婚の貴族令嬢が、婚約者とはいえ親類でもない者の屋敷に住むというのは通常ではありえません」

「それは……申し訳ありません」

確かにありえないだろう。それを一年以上も住まわせてもらって、その上実家のことまで手助けしてくれているのだから、本当に頭が上がらない。

私の謝罪に対し、ロビンは先ほどよりも重苦しい咳払いをした。

「勿論、それを責めているわけではございません。ただ、異例であるとお伝えしたかっただけなのです」

「はい」

「そもそも貴族令嬢が、結婚前に夜会以外で家の外に出る機会はほとんどありません。それがどうしてか分かりますか？」

「いいえ。どうしてでしょうか？」

「貴族令嬢は将来、他家に嫁いでその家の子を産むことになります。貴族の子です。間違ってもよその種が混入するような事態は避けねばならないのです」

どうしてここに植物の種が出てくるのだろうか。私は不思議だった。

外出した際に服についた種から、庭に勝手に雑草が生えては困るということだろうか。

「ですからアビゲイル様も、クラウス様以外の男性と二人きりになるような事態はお控えください。

それがどんなに親しい相手であってもです」

ロビンは怖い顔をして念押しした。

どうして庭の雑草の話からクラウスに繋《つな》がるのかは分からなかったが、そもそもクラウス以外に親しい男性などいないので、言いつけを破る心配はなさそうだ。私は頷《うなず》いた。

「よろしい。それではバーバラ様についてですが、アビゲイル様は最初どのように感じましたか?」

「どのように、というと?」

いつもは理路整然と話すロビンだが、今日の授業はあちこちに話題が飛ぶので、私は困惑していた。

「なんでも構いません。どうお感じになったのか正直にお答えください」

「ええと、とても綺麗な方だと思いました」

小さくて可愛《かわい》くて、まるでお人形のようだった。

青い目、金の髪。その特徴はまるで、幼い頃に読んだおとぎ話に出てくる姫君のようで。

「そうですか。ではバーバラ様の保護を受け入れた旦那《だんな》様をどう思いましたか?」

またしても予想外の質問だ。

そもそもロビンの授業において、このような質疑応答自体が珍しい。

私はしばらく考えた。

今までバーバラがやってきたことと、クラウスを結び付けて考えたことなどなかった。

確かにこの家の主はクラウスだから、バーバラがクラウスの許可のもと滞在していたのは間違いないのだろうが。

「どうと仰《おっしゃ》られましても……しいて言えばお優しい方だなと」

クラウスを表す言葉が、他に必要だろうか。

だが私の回答は、ロビンを満足させるものではなかったらしい。彼はくしゃみをする寸前のような、奇妙な顔をした。

そして、またしても咳払い。

「あの、先ほどから咳をしておいでですが、もしやご体調がよろしくないのでは？」

ロビンは老齢だ。私は彼の体のことが心配になった。

ただでさえアスガル公爵家の家政を取り仕切る、ロビンの負担は大きいのだから。

「ゴホゴホッ」

ロビンがひと際大きく咳込む。

私は立ち上がり、ロビンに近寄った。驚いたのかロビンがたじろいだのが分かった。

ロビンの隣に並び、彼の背中を撫《な》でる。

「落ち着いて、ゆっくり息をしてください」

ロビンは驚きこそしたものの、私の手から逃げようとはしなかった。

咳をした時に背中を撫でるというのは、病気になった時にメイリンが私にしてくれたことだ。そうしていると確かに楽になった。

ロビンはしばらく咳込んでいたので、きっとよほど体調が悪かったのだろう。もっと早く気づいて休ませてあげればよかったと後悔した。

「今日の授業はやめにしましょう。ロビンは休んでください」

「ですが……」

「いいからお休みになってください！　クラウス様が万全でない今、ロビンまで倒れたら残された使用人たちはどうすればよいのですか？」

精一杯反論すると、ロビンは黙り込んでしまった。

「……分かりました」

こうしてこの日の授業は早めに切り上げられた。

それにしても、ロビンは私に一体何を教えたかったのだろうか。


夏の始まり。日に日に気温が上がり、身に着ける服の素材も変わった。

いよいよ結婚式が近づいてきた。あれ以来バーバラにもフィオメラにも会っていない。私の生活はいつも通りだ。

ちなみにソフィアは戻ってきたものの、あれ以来すっかり喋《しゃべ》らなくなってしまった。

今では食事をする以外は一日のほとんどを寝て過ごしている。まるで本当にただの猫のようだ。

そのことを残念に思っている自分と、これ以上追及されずに済むとほっとしている自分がいる。

ソフィアはメイリンを悪魔だと言うけれど、メイリンの態度にも別段変わったところはない。

しいて言えば、忙しいはずのクラウスと過ごす時間が増えたことくらいだろうか。私が体調を崩した日から、以前と同じように日に一度は食事を一緒にすることができている。

嬉《うれ》しいことは嬉しいのだが、やけに気を遣われている気がするのが不思議だ。

体の方はもうなんでもないと、再三伝えてはいるのだが。

さて、アスガル公爵家に予期せぬ訪問者があったのは、そんな時のことだった。

私がクラウスと朝食を食べていると、食堂に慌てた様子のフットマンが走り込んできた。

「なんだ騒がしい！」

許可も待たずに走り込んできた青年を、ロビンが叱責《しっせき》する。

「も、申し訳ありません！」

青年は勢いよく謝りつつ、部屋を出る気はないようだ。息をきらしつつ報告を諦《あきら》めることはなかった。

「ですが、たった今ラザフォード侯爵がお着きにっ」

「なんだって⁉」

驚きのあまりクラウスが立ち上がる。

クラウスはすぐに食事を切り上げて、ロビンと共に玄関へと向かった。戸惑いつつ、私もその後に続く。

玄関ホールに近づくと、廊下にいる段階でなにやら騒がしくしているのがこちらにも伝わってきた。沢山の人の気配がする。

先頭を切って玄関ホールに入ったクラウスが、立ち止まったのが見えた。彼の背中に狼狽《ろうばい》が走ったのが分かる。

玄関ホールには、多くの使用人の他に、今扉から入ってきたらしい長身の男性が立っていた。若いがひどく痩《や》せていて、杖《つえ》をついている。同時に彼もまた多くの使用人を引き連れていた。

「ヘンリー……」

クラウスが呟《つぶや》く。

彼こそ、バーバラの夫であるラザフォード侯爵ヘンリーその人だった。


「先触れもなく失礼した。なにぶん急いでいたもので」

夏の初めだというのに、部屋の中にはひんやりとした空気が漂っていた。勿論錯覚だが、そう感

じさせる冷たさがヘンリーにはあった。

榛色《はしばみいろ》の目と髪は雨に濡れる麦のように冷たく凍えている。

「ヘンリー……領地で療養中と聞いていたが」

向かいのソファに座るクラウスは、戸惑いを隠せないようだった。彼の隣に座る私もそれは同じだ。


今まで来客の際に私が同席したことはほとんどない。

理由は色々ある。そもそもクラウスは他人を自宅に招くことを好まないので、アスガル家は公爵でありながら来客が極端に少ないのだ。

更に私自身の評判が悪かったことも無関係ではない。適齢期に入ってからは幾人もの相手とお見合いをしていたので、没落した家でありながら私の顔を知る青年貴族は少なくないのだ。

私が母の喪に服したこともあり、噂《うわさ》を鎮静化させる意味もあって社交の類《たぐい》は極力控えていた。

なのでクラウスやバーバラを除けば、ヘンリーは久しぶりに見る貴族だった。

それに今回はクラウスと一緒に玄関に出ていて、私の姿を相手に見られている。

流石にここまでくると隠れるのも変だということで、クラウスの提案で同席することとなった。

沢山いた使用人たちは、場が混乱するという理由から人払いされている。なので応接室には私とクラウスとヘンリーの三人きりだ。

以前は初対面の相手に会うことなどなんでもなかった。なぜなら相手が自分を嫌うことは当たり前だと思っていたからだ。

だから同席を求められた時はなんとも思わなかったのだが、実際席についてみると、ひどく緊張を覚えた。

もし相手に嫌われたら、今度はクラウスやこの屋敷の人々に迷惑がかかる。そう気づいた瞬間、体が重くなったような気がした。

その上、相手は尖《とが》った雰囲気を隠そうともしない。自然、部屋の中の空気もひどく緊張したものになった。

沈黙が重い。

そしてその沈黙を切り裂くように、ヘンリーが口を開いた。

「見損なったぞクラウス」

これ以上ないほど、低い声でヘンリーは言った。

そして私にちらりと鋭い一瞥《いちべつ》を投げる。

「婚約者を同席させようが、俺は剣を収めるつもりはない。我が身可愛さに、よくも幼いバーバラに不貞の罪を着せたな」

「誤解だ！　大体、アビゲイルは関係ないだろう」

クラウスは興奮したように腰を浮かしたが、すぐソファに腰を下ろした。

「そもそも、手紙には事故と書いたはずだ。こちらは夫人の名誉を考えて、公《おおやけ》にしなかったのだぞ」

その声には押し殺した怒《いか》りが感じられる。

あまり見ることのないクラウスの態度に、私も心が塞《ふさ》ぐような気持ちになった。

「バーバラのことは幼い頃から知っている。彼女は穢《けが》れを知らない娘だ。それが侍女に命じて君と懇《ねんご》ろになろうだなんて、するはずがないだろう！」

「誰もバーバラが命じたなんて言っていないだろう」

「言ったようなものだ。フィオメラはバーバラが実家から連れてきた侍女だ。それが主人を裏切るとでも？」

正直なところ、私は二人の問答よりもヘンリーの最初の言葉の方に気を取られていた。

バーバラがクラウスと懇ろになろうとした？

言われてみれば、貴族の男女が密室で二人きりになることは、そのような疑いを掛けられても仕方がないと以前からロビンには厳しく言われていた。

だが今日まで、他の貴族に会う機会がなかったためすっかり意識の外だった。

そう言われてみれば先日のロビンの奇妙な授業も、クラウスのおかしな言動にも全て説明がつく。

彼らはクラウスとバーバラの仲を私が疑っていると思ったのだろう。

確かにメイリンの言葉からバーバラとフィオメラに警戒心こそ持っていたが、クラウスを疑うなんてちっとも考え付かなかった。

そもそもクラウスが望んで女性と親密になったのなら、私が責める筋合いなどない。だから私に気を遣う必要なんてないのだ。

それでもクラウスは、私を気にするように視線を落とした。

一緒にロビンの授業を受けていたものの、私がバーバラについて知っていることはほとんどない。というのも、私たちは全く私的な会話を交わしてこなかったからだ。

最初は友人になれるかもしれないと期待したものの、すぐにそれは無理だと分かった。

彼女には私と交友を深める気など一切なかった。

私は私で、貴族の令嬢がどんな話を好むかなんて分からず、彼女と交流を深めることをすぐに諦めてしまった。

というより、メイリンから伝え聞いた話ですっかりその気をなくしてしまったのだ。

そもそもの始まりは、バーバラとフィオメラの話をメイリンが聞き咎《とが》めたことだ。その内容は、フィオメラがバーバラをクラウスに嫁がせるため、焚《た》きつけていたというものだ。

その言葉の真偽は分からない。

だが実際にその後、私はフィオメラの言葉を聞いた。

「ラザフォード卿、よろしいですか?」

我慢できず口を挟むと、ヘンリーがゆっくりとこちらを見た。

「なんだ?」

「失礼ながら、あの日お二人を見つけたのはわたくしなのです」

「ほう？」

どうやら、ヘンリーの興味を引くのに成功したようだ。

彼はクラウスへの追及を一時中断し、私の方に顔を向けた。

「わたくしはあの日、散歩をしていて偶然フィオメラが話をしているのを聞いてしまいました。バーバラ様とクラウス様を閉じ込めたと……。なので慌《あわ》ててお二人を探しました」

ヘンリーは少し驚いたように目を見開いたものの、厳しい表情を緩めることはなかった。それどころか次の発言には怒気さえ含まれていた。

「その話を聞いて、あなたもバーバラを疑ったのか」

「いいえ。フィオメラははっきり、閉じ込めたと申しておりました。バーバラ様のご命令であれば、そのような言い回しはしないでしょう。証人になっても構いません」

必死になって言葉を尽くすと、相手も少しは信じる気になったようだ。前かがみになっていたヘンリーが、ゆっくりと体を引いた。

「……それでは、バーバラにそんなつもりはなかったと」

ヘンリーはほっとしたように視線を落とした。そしてそれきり黙り込んでしまう。

今まで怒りだけで動いていたものが、まるでねじが切れてしまったかのようだ。枯れ木のようなその風情は、こちらが心配になるほどだ。

「そう思います。ですから、この件はフィオメラの――おそらくはバーバラ様のご実家のご意向ではないでしょうか?」

ヘンリーが顔を上げる。

「実家?」

ヘンリーは先ほど、フィオメラはバーバラが実家から連れてきたと口にしていた。

私はごくりと生唾《なまつば》を呑《の》み込む。

本当はこの話をクラウスの前でするような事態は避けたかったのだが、これ以上彼が一方的に責められているところを見てはいられない。

私は必死だった。

「私の侍女から、フィオメラがバーバラ様にクラウス様との結婚をほのめかすようなことを口にしていたと聞きました」

「なんだって!」

思わず声を上げたのは、ヘンリーではなくクラウスの方だ。

「それならそうと、もっと早く言ってくれていれば……」

「黙っていて申し訳ありません。バーバラ様は既にご結婚されている身。きっと聞き間違いだろうと思ったのです」

メイリンを信じなかったのではない。聞き間違いであってほしいと願ったのだ。

「そ、そうか。それもそうだな」

クラウスは自分に言い聞かせるように言った。

一方肝心のヘンリーはというと、不気味なほど静かだ。だが膝《ひざ》の上の手は、強く握りしめられすぎて白くなっている。

そしてヘンリーは拳《こぶし》を目の前のテーブルに叩きつけた。

自分の手が痛くなりそうな、鈍い音が響く。

「ヘンリー……」

「本当は、結婚などするつもりはなかった」

想像もしていなかった言葉に、思わず息を呑む。

「……俺が年の離れたバーバラとの結婚を決めたのは、彼女の親が老いた富豪に彼女を嫁がせようとしていたからだ」

「そうだったのか」

冷たかったヘンリーの目は、今度は深い悲しみの中にあった。

「彼女の両親は、そういう人間だ。あの侍女をそのままにしたのは、失敗だったのだな」

ヘンリーは気の毒だが、彼を取り巻いていた怒りのオーラが消えたことに、私はほっとしていた。

彼がこの家を訪ねてきた当初は、今にもクラウスに摑みがからんばかりに見えた。

どうなってしまうのかと、今まで不安だったのだ。

しかし怒りが消えると、途端にヘンリーは存在感が薄くなった。まるで生きる意味を失ったかのようだ。

きっとよほど無理をしてここまでやってきたのだろう。

「ヘンリー。少し休め。遠路はるばるよく来てくれた。アスガルはお前を歓迎する」

「感謝するよクラウス……」

そう言ってヘンリーは、限界だと言わんばかりに項垂れた。


ヘンリーの体調が心配されたので医師が呼ばれ、バーバラとの再会もまた後日ということになった。

使用人も含め、公爵家に滞在する人間が一気に増えてロビンは忙しそうだ。

私はヘンリーを見送った後、黙り込んでしまったクラウスと一緒に応接室に残っていた。

「クラウス様。バーバラ様とフィオメラは今どこに?」

バーバラの行方を尋ねると、クラウスは疲れたようにため息をついた。

「バーバラ嬢は客室にいるはずだ。ただ、フィオメラはそうはいかないので、地下に監禁している」

ただでは済まないと思っていたが、監禁されているとは。

しかしフィオメラの身分を考えれば、これは非常に温情のある措置と言えるだろう。彼女が閉じ込めたクラウスは、貴族であると同時にこの国の王位継承権を持つ公爵なのだから。

「ちょうどいい。ヘンリーに引き渡して処分は任せよう。確認したいこともあるだろうからな」

確かに先ほどの様子だと、フィオメラに聞きたいことは沢山あるはずだ。

クラウスは疲れた様子で顔を上げると、ゆっくりとほほ笑んだ。

そして私に向かって手招きをする。

とはいえ、既に隣に座っているのにこれ以上どうやって近づけばいいのだろう。

そう思っていたら、クラウスは体を倒して私の膝に頭を乗せた。驚きすぎて動けなくなる。

「ああ疲れた」

普段綺麗に整えられた髪を乱し、膝の上で仰向けになっている。

恥ずかしすぎて下を向けなくなった。

一緒に食事をする時間は増えたが、こんな風にすぐ近くにクラウスを感じるのは本当に久しぶりだ。

不思議と初めてこの屋敷に来た時より、クラウスに対してドキドキする。

さっきまで塞ぐような気持ちだったというのに、頭が真っ白になって何も考えられなくなってしまった。

思わず両手で顔を覆う。

「アビー顔を見せて」

クラウスの手が私の手に伸びてきた。

まるで扉をノックするように、手の甲に触れる。

目を見て話さないといけないと思うのに、下を見ることが本当にできないのだ。そんなことをしたら、息ができなくなりそうで。

しばらくそうしていたら、

「忙しいばかりでアビーともあまり会えないし、もう嫌だ」

クラウスの言葉に、私は驚いて思わず手を離してしまった。

年上なこともあっていつも落ち着いている彼が、こんな風に我がままを言うのはとても珍しい。

私から見たクラウスは、いつも落ち着いていて優しい大人な人だ。

出会ったばかりの頃は怖いと思うところもあったけれど、正式な婚約者になってからそんな風に思ったことは一度もない。

優しすぎて、知らぬ間にクラウスを困らせているのではとこちらが不安になるほどだ。

特に私は常識を知らないところがあるから、少しでも迷惑を掛けないようにしようと日々頑張っている。

だからこそ、珍しいからこそ、クラウスが素直な気持ちを吐露してくれた気がして、胸が高鳴った。

「わ、私も会いたかったです。一緒にいたかったです」

緩んでしまった心から、言葉が溢れてきた。

ずっと我慢していた。我がままを言ってはダメだと思いながら、もっと長い時間一緒に過ごせればいいのにと。

食事だけでも一緒にできるようになったのは嬉しかった。だけどすぐに、それだけでは満足できなくなった

私はいつの間にこんなに欲張りになったのだろう。

この屋敷に来るまで、誰にどう思われようが平気だった。毎日をただやり過ごすことだけを考えていたというのに。

今はもう、そんな日々には戻れない。クラウスがいない日常には。

だからこそ、恐ろしいと思いつつヘンリーとの会話に口を挟んだのかもしれない。一方的にクラウスが責められるのを見るのは悔しかった。

「堪《たま》らないな」

クラウスが小さく呟いた。

「そんな可愛いことを言われては」

今度は彼の方が、右手で自分の両眼を覆っていた。

自分では外せと言ったくせに、今度は自分が顔を隠すのはずるい。

「お顔を見せてください」

「嫌だ」

勇気を出してクラウスの右手に手を重ねると、さらさらと乾燥した手触りがした。

「そんな、ずるいです」

今はなぜか、思ったことを素直に言葉にすることができた。

いつも心の中でこねくり回すばかりで、口に出すことのできない気持ちの欠片《かけら》が。

するとようやく、クラウスが顔から手のひらを外した。

下から現れたのは、くすぐったそうな顔をした少し子供っぽい顔のクラウスだった。

「くっくっく」

とても楽しそうにクラウスが笑う。

「どうして笑うのですか？」

「いや、俺は幸せ者だと思って」

久しぶりに見た、クラウスのくつろいだ笑顔だった。

その顔を見ていると胸がぎゅっとなって、嬉しい気持ちが体の外まで溢れ出しそうになる。

なんにせよ、彼が喜んでいるところを見るのは嬉しい。

それからロビンがやってくるまで、私たちはずっとそうしていた。

それは真夜中のこと。

ヘンリーは見知らぬ部屋で目を覚ました。

そしてすぐに、そこが怒りのままに赴《おもむ》いた友人のタウンハウスであると気が付いた。

ヘンリーにとって、クラウスは少し年下だとて長く付き合ってきた友人である。彼に若き妻を託したのは、療養中に婚家の魔の手がバーバラに及ぶのを防ぐためだった。

ヘンリーからすれば、バーバラの実家は醜悪《しゅうあく》の一言に尽きる。

彼女の父親は裕福な商人であり、金で伯爵位を買った貴族とは名ばかりの相手だった。本来なら、歴史あるラザフォード侯爵家と婚姻を結べるような家柄ではない。

その上バーバラの父は、より富を求めて娘を金満の老人に嫁がせようと企《たくら》むような男だった。

バーバラと出会ったのは、療養で訪れた別荘地でのことだった。当時はヘンリーの父が存命で、体の弱いヘンリーは父に疎《うと》まれ辛い日々を味わっていた。

沢山の使用人に囲まれていても、ヘンリーは孤独だった。父からは療養を名目に遠ざけられ、母は幼い頃に亡くなっていた。

生きる意味のない、死を待つような日々。

そんな日々に突如として現れたのが、バーバラだった。

彼女を初めて見たのは、体調のいい時に赴いた薔薇《ばら》園でのことだった。素手で薔薇の枝に触れ棘《とげ》で泣いていたバーバラに、ヘンリーがハンカチを貸したのがきっかけだ。

バーバラは薔薇の精のように美しい少女だった。純真無垢《むく》で生命力に溢れ、ヘンリーからすればその存在自体が眩《まぶ》しかった。

それから何度も、まるで引き合うようにヘンリーはバーバラと出会うことになる。

年の離れた彼女でも特別な感情を抱くのに、それほど時間はかからなかった。それは恋とも呼べないような、憐《あわ》れみにも似た感情ではあったが。

というのも彼女の父親は王都を離れた別荘地ですら、品性下劣として名を轟《とどろ》かせているような男だった。金を稼ぐためには見境がなく、彼らが滞在する別荘も食い詰めた貴族から無理やり巻き上げた物だったのだ。

ヘンリーはバーバラの将来が心配だった。

彼女が成長した時、自分はもうこの世にはいないだろう。その時、バーバラはどんな相手に嫁がされるのか。

何度も自分には関係ないと言い聞かせたが、日に日に焦燥は高まっていった。

そんなある時、侯爵家の使用人がバーバラについての噂を聞きつけてきた。それは幼いバーバラの父親が、彼女を裕福な老人の後妻にしようとしているというものだった。

この時、いつ死ぬかも分からないのならせめてバーバラを守って死のうと、決意が固まった。

ヘンリーは独断でバーバラに結婚を申し込んだ。バーバラの父親は渋ったが、そう遠くない未来ヘンリーが死ねば、侯爵家の財産が孫のものになると囁《ささや》けば、彼女の祖父が喜んで婚約を受け入れた。

どうせ自分は、成人するまで生きられない体だ。子など作れるはずがないし、結婚まで保つかどうかも怪しい。ヘンリーはそう高をくくっていた。老人との結婚さえ邪魔できればよかった。

誤算だったのは、ヘンリーが思った以上に長生きしたことと、厳しかった父が事故であっけなく死んでしまったことだった。

そしてヘンリーは順当に侯爵位を受け継ぎ、バーバラが成人するのを待って結婚した。

無事結婚できたことに、一番驚いたのはヘンリー自身かもしれない。

だがそんな奇跡も、そろそろ終わりそうだ。痩せた手のひらを見つめながら、ヘンリーは思った。

医者にはもう、手の施《ほどこ》しようがないと言われている。次の発作が来れば命はないだろうとも。

そうなると気がかりなのは遺《のこ》されるバーバラのことだ。彼女の父親は未亡人となったバーバラをどう遇するだろうか。

それゆえ公爵家ならばヘンリーが死んでからも容易く手を出せないだろうと、クラウスに預けたのだ。

しかし使者から閉じ込め事件の話を聞かされ、矢も盾もたまらずヘンリーは王都までやってきた。

ここまでの道程、何度も死を覚悟した。使用人にも止められたが、ヘンリーは最後の我がままと貫き通した。

もう、潮時かもしれない。

結局自分も、我がままでバーバラを振り回した。彼女の父親と何が違うというのか。

そこまで考えたところで、ヘンリーの胸を衝撃が襲った。


——発作だ。


呼吸が困難になり、強い負荷がヘンリーの体を襲う。

苦しみの中で、ヘンリーはもがいた。何度なったとしても発作の感覚は慣れることがない。

今回ばかりは、もうだめかもしれない。

今までに何度も感じた死の予感が、彼の心を今にも覆いつくさんとしていた。

ヘンリーは後悔した。

どうしてこの屋敷に着いてすぐに、バーバラに会おうとしなかったのかと。そうすれば最後に一目、バーバラの姿を見ることができたはずなのだ。

それをしなかったのは、ヘンリーの弱さだった。もし父親の意向だけでなく彼女の心までクラウスに向いていたら、バーバラはヘンリーを邪魔に思うだろう。

彼女に嫌悪を向けられるなんて、耐えられない。だから無意識に、バーバラとの再会を先延ばしにしていたのだ。

今、ヘンリーは突き上げるような動悸《どうき》に耐えながら、バーバラの顔を思い描《えが》いていた。思い浮かぶのは、出会った頃の彼女の姿だ。

幼く稚《いとけな》いバーバラ。

せめて最後に、その顔が見たかった。

だが死の床にある彼の枕元にやってきたのは、バーバラでも、まして人間でもなかった。

『その命、使わせてもらうぞ』

耳鳴りがした。未知の感覚がヘンリーを襲う。

――ああ、これが死なのか。

何者かに取って代わられる感覚。自分が自分ではないような。

結局最後の最後まで翻弄《ほんろう》され、訳が分からないままヘンリーはついに意識を手放した。

第四章　旦那様のご友人

翌日は天気のいい日で、空が驚くほど青かった。

けれど私は空など見上げる余裕もなく、朝からずっと地面ばかり見つめていた。

「ソフィア、どこにいるのー？」

なぜかといえば、それは私の部屋からソフィアが突然姿を消したからだ。

「早く出てきなさいーー！」

メイリンも一緒になって探してくれているが、なかなか見つからない。

ソフィアが喋《しゃべ》らなくなっても、放っておいたのが原因だろうか。とっくの昔に、私は見限られていたのかもしれない。

これは私への罰だろうか。ソフィアもまた、私にとっては大切な存在だった。ここで暮らすほどに、大切なものが増えていく。

「アビゲイル様。そろそろ朝食のお時間です。一度中に入って少し休みましょう」

メイリンが気遣わしげに近づいてくる。けれど私は、焦燥に駆られてとてもそんな気持ちにはなれなかった。

「メイリンは休んで。私は西翼《せいよく》の方を探してみる」

「アビゲイル様！」

メイリンが私を窘《たしな》めるように近づいてくる。

捕まる前に西翼に向かうべく立ち去ろうとしたその時。

「アビー」

名前を呼ばれ、立ち止まる。この屋敷に私をその名で呼ぶ人物は、一人しかいない。

振り返ると想像した通り、そこにはクラウスが立っていた。

「朝食に来ないから様子を見に来たのだが、一体どうしたんだ？」

言葉を探していると、その間にメイリンがクラウスに説明してくれた。

「なんだって？　あの猫がいなくなったのか」

「はい。ソフィアはきっと私に怒って……」

「アビゲイル様！　そんなことはありません。ソフィアは賢い子です。きっとすぐに自分で戻ってきますよ」

「ならば、使用人たちに探すよう命じるから、その間アビーは一休みしてはどうだ？　今日は暑くなりそうだから、帽子もかぶった方がいい」

「ええ、ええ！　お言葉に甘えて休みましょうアビゲイル様」

二人にそう言われても、なかなかその場から動くことができなかった。ソフィアのために何かしなくちゃと思うのに、どうすればいいか分からず無力さが身に染みる。

「まずは門番に次第を伝えましょう。門からの出入りさえ気を付けていれば、どんなに小さな猫だろうと敷地からは出られません」

後から追いかけてきたらしいロビンが、落ち着いた声音《こわね》で言った。

「ああ、そうしよう。いいか？　アビー」

クラウスの問いかけに、私は頷《うなず》くことしかできなかった。

朝食の席には、私とクラウスの他に驚くべきゲストがいた。

昨日あれほど辛そうにしていたヘンリーと、ずっと姿を見なかったバーバラのラザフォード侯爵夫妻だ。

よほど体調がいいのか、ヘンリーは杖《つえ》もなく昨日より顔色もいい。

一方でバーバラは、ひどく暗い顔をしていた。ヘンリーへのやましさか、何度も夫を窺《うかが》うようにちらちらと視線を送っている。

私は私でソフィアのことでひどい顔をしていることだろう。

唐突に、なんとも気まずい朝食会が始まった。

私はいつも通りフルーツを。客人二人とクラウスの前には、シンプルだが選ばれた素材で作られた朝食が並んでいる。

焼きたてのパンと、領地の牛乳から作られた濃厚なバター。鮮やかな色をしたトマトのポタージュに、黄色いスクランブルエッグ。

食堂にはとても食欲を誘う香りが漂うが、食卓の鮮やかさに反して会話はなかなか盛り上がらなかった。

だが、盛り上がらないなりにぽつぽつと交わされる会話に、私は違和感を覚えた。

それは他の誰でもない、ヘンリーの態度だった。

彼は昨日まで、病を押してこの王都に駆け付けるほど激高していた。その後私たちの話を聞いて多少は落ち着いた様子ではあったが、何もわだかまりを感じていないはずはない。

ところが今朝のヘンリーは、非常ににこやかで饒舌《じょうぜつ》だった。

「やあ、君のところはいいパン職人を抱えているね。羨《うらや》ましい」

「ありがとうヘンリー」

「いやいや、こんなに贅沢《ぜいたく》な朝食を提供してもらえるなんて、私は幸せ者だよ。なにせアスガル領の豊かな農地は、王国の食糧庫と呼ばれるほどだからな」

よどみなく賛辞を述べるヘンリーに、慣れているのかクラウスは如才なく対応していた。

だが彼もまた、時折探るようにヘンリーを見ている。会話の中からヘンリーの意図を探ろうとしているのだろう。

友人同士でも時に互いの腹を探り合わねばならない。ロビンに言わせれば、これこそがいかにも貴族らしい光景といったところだろう。

そんな空気に、最初に耐えられなくなったのはバーバラだった。

私の隣で、カトラリーが皿に叩きつけられ甲高《かんだか》い音を立てる。

「どうしてそのように、笑っておられるのですか!? 私はあなたを裏切ったのですよ?」

問いながら、バーバラは今にも泣きそうになっていた。

私は昨日の出来事を思い出し、恐る恐るヘンリーの反応を窺った。ところが驚いたことに、ヘンリーはバーバラの告白を何事もなかったように受け流したのだ。

昨日から考えると、まるで別人のようだった。

「私は裏切られたとは思っていないよ。バーバラ」

これにはクラウスも驚いたような顔をしていた。

最も驚いたのはバーバラだ。怒ると思っていた夫が優しく言葉をかけてきたので、どうしていいか分からなくなったようだ。

「そんな、どうして? 私はフィオメラに言われて……」

「もういい」

ヘンリーの返事を聞いた瞬間、バーバラは弾《はじ》かれたように立ち上がった。

「よくないわ！」

「あなたは私と結婚しても、一切手を出してこなかった。知っていたでしょう？　私は所詮《しょせん》父の命令には逆らえない。どうしても子供が必要なのよ！　高貴な血を持つ子供が……」

毒を吐くようなバーバラの告白も、ヘンリーの心を動かすことはできなかった。

ヘンリーは憐《あわ》れみの表情を浮かべ、言った。

「私の体が弱いばかりに、君には辛い思いをさせた。もう謝る必要などないんだ」

そう妻に声をかけると、今度はクラウスに向けて彼はこう言った。

「クラウスも、身内の恥で迷惑をかけた。昨日の非礼も忘れてもらえるとありがたい。勿論《もちろん》相応の償《つぐな》いはさせてもらう」

クラウスは戸惑ったようにヘンリーとバーバラの様子を窺った。

それは私も同じで、昨日とのあまりの変わりように別人を相手にしている気分だった。

そうして朝食の時間は穏やかな中に不穏な空気を残したまま終了し、引っ掛かりを覚えたまま私たちは解散した。

朝食を終えると、再びソフィアを探すため屋敷中を捜索し始めた。庭は地理をよく知っている庭師たちが探してくれるとのことで、私は室内の担当だ。

公爵家のタウンハウスは、案内がなければ迷い込みそうなほどに広い。

私は心配するメイリンを振り切り、一人屋敷の中を彷徨《さまよ》っていた。メイリンを置いてきたのは、彼女がいるとソフィアが出てこないかもしれないと思ったからだ。

メイリンが悪魔だと告げられた時のことを思い出すと、今も苦い思いが込み上げる。

忘れたわけではない。忘れることなどできない。

あの時私は、どうすればよかったのか。ソフィアの言葉を信じて、お世話になっているメイリンを責め立てるのが正解だったというのか。

何度も思い返しているが、絶対にその選択肢だけは選べないと自分で分かっている。

きっと何度選択を迫られても私は、ソフィアの提案を退《しりぞ》けるだろう。これだけは自信を持って言える。

過去を見つめ直しながら探索を続けていると、暗い廊下の隅《すみ》をなにか小さなものが駆け抜けた気がした。

「ソフィア?」

反射的に、私は子猫の名前を呼んだ。

それがソフィアでない可能性は大いにあったが、私は廊下を先へと急いだ。

最近なんだか妙に走る機会が多い。いつもはやってはいけないと気を付けているのだが。

そうして角を曲がろうとしたところで、私は思わぬ人物に遭遇した。

ぶつかりそうになり、慌《あわ》てて立ち止まる。

「ご、ごめんなさい」

顔を上げると、そこにあったのはヘンリーの穏やかな笑顔だった。

私は思わず、一歩も二歩も後退《あとずさ》ってしまった。

笑っているはずなのに、恐ろしい。彼の笑みに妙な迫力を感じていた。

「アビゲイル様、ちょうどよかった！」

驚きも怒りもせず、ヘンリーは言った。

付き合いの浅い私では、昨日との違いを明確に指摘することはできない。だが明らかに、何かが違うと感じている。

「少しご一緒できませんか？　実は折り入ってお話ししたいことが……」

ヘンリーからの誘いを受け、私は困惑した。

彼はクラウスが懇意にしている侯爵だ。本来ならば喜んで誘いを受けるべきだろう。

だが今の私は侍女《じじょ》も連れず一人きりで、なおかつソフィアを探している真っ最中だった。先ほど朝食で捜索の中断を余儀なくされたとはいえ、いやだからこそこれ以上の時間的なロスは避けたい。

「申し訳ございません。用事がございまして……」

罪悪感を感じつつ断ると、ヘンリーは嫌な顔一つすることなくこう返した。

「そうですか？　お探しの物の在処《ありか》を私が知っていると言っても？」

思わず息を呑《の》む。

ヘンリーにソフィアを探していることは話していない。なのになぜ、彼はそれを知っているのか。使用人などの話を偶然聞いた可能性はあるが、ほとんど部屋から出ていないはずの彼が、ソフィアの行方を知っていることなど本当にあるのだろうか。

様々な疑問が浮かぶ。

私はじっとヘンリーを観察したが、感情の読めない笑顔からは何一つ情報を得ることができなかった。

「分かりました」

どうしてもソフィアを見つけたい私は、ヘンリーからの誘いに応じることにした。


「散歩でもいたしましょう」

ヘンリーはそう言うと、私のことを公爵家の庭に連れ出した。

疑うわけではないが、部屋の中に二人きりは少し怖かったので、屋外に誘われてほっとした。

「今日は暑いですね」

ヘンリーは杖をつくこともなく、にこやかに私の隣を歩いていた。

「え、ええ」

私は先ほどのヘンリーの言葉の意味を知りたくて、気が急《せ》いていた。

庭師があちこちで、木の陰を探しているのが見えた。指示を受けてソフィアを探しているのだろう。

本当なら、今すぐ私もそちらに参加したいほどだ。

「あの、先ほど仰《おつしや》っていた話は……？」

我慢しきれず、こちらから話題を切り出す。ヘンリーの態度などどうでもいい。私は一刻も早く、ソフィアの居場所を知りたかった。

「まだお気づきになりませんか？」

ヘンリーはくすくすと笑いながら言った。

そして腰を屈《かが》め、私の耳元でそっと囁《ささや》いた。

「ソフィアは私です」

私は弾かれるようにヘンリーの顔を見た。

何を言っているのか理解できず、茫然《ぼうぜん》とする羽目になった。冗談だとは思うが、それにしてはヘンリーがソフィアの名前を知っているのはおかしい。

「あの、揶揄《からか》ってらっしゃるんですか？　ソフィアは猫ですよ？　こんな小さな――」

そう言って、私は両手でソフィアの大きさを示した。

最後に抱き上げた時の感触を思い出して、不覚にも泣きそうになってしまった。

「ええ。出会った時には灰色《はいいろ》でしたね。アビゲイル様は私を抱き上げてヤギのミルクを与えてくださいました」

どうしてそんなことを知っているのだろう。

いや、ここまでならメイリンも知っている内容だ。彼女に尋ねれば分からないこともないが。

そんなことを考えていられたのは、そこまでだった。

「言ったでしょう？　私は天からの使者であると。人の体を乗っ取ることなど造作もない」

全身の毛が総毛立った。

私は恐る恐る、ヘンリーを見た。

間近で見ても、人間にしか見えない。

「どうして……」

何から尋ねていいかも分からず、そんな言葉が口をついた。

ヘンリーは笑みを深くして言った。

「あの姿では、あなたを護《まも》ることも、止めることもできませんから」

「でも、ヘンリー様は？　彼の精神は、どこに行ってしまったの？」

今話をしているのがソフィアだとしたら、ヘンリーの心はどこへ行ってしまったのか。

バーバラを心配し、病を押してまで公爵家に駆け付けた彼の想いは。

するとソフィアは、今気づいたとでもいうような顔をした。

「ああ、あの男なら死にましたよ」

まるで何事もなかったかのように、ソフィアはそう言った。

まるで心臓を強く握られたかのような、衝撃を覚える。昨日まで、言葉を交わしていた相手だ。

それが死んでしまったなんて、信じられない。

それに、私には気になっていることがあった。

「それは……あなたが殺したの？」

ヘンリーの体を使い、私の隣を歩くソフィア。

もしソフィアが人間の体を手に入れるためにヘンリーを殺したというのなら、私は彼女を許すことができないだろう。

ついさっきまで、ソフィアを心の底から愛していた。けれど私が愛したのは、年端も行かない小さな獣《けもの》だ。

何事もなかったように笑うこの男の中にソフィアの精神が宿っていたとしても、いや、むしろソフィアだからこそ、許せないと思った。

私が聖女であることや、ソフィアが地上にやってきた理由なんてヘンリーにはなんの関係もないのだ。彼はただ、愛する人を心配して迎えに来ただけなのだから。

「もとより彼は死にかけていました。いや、いつ死んでもおかしくなかったと言い換えてもいい。ここに来るためによほど無理をしたのでしょう。一目見て長くないと分かりました」

ソフィアは饒舌だ。だがその言葉を聞くほどに、気持ちが塞《ふさ》いでしまうのはなぜなのだろう。

「けれど同時に、彼は死にたくないと全身で訴えていた。私はその感情に共感しました。私がこの体を乗っ取れば、少なくとも肉体は死なずに済む」

「でもそれは……」

私が何を言おうとしているのか見透かしたように、ソフィアは言葉を遮《さえぎ》った。

「アビゲイル様。これは救済なのです。彼は生きながらえ、私は望む力を得ることができる。誰も損をすることはありません」

「人の生き死には、損得で判断するようなものじゃないわ」

思わず強く反論してしまった。

今までにないほど徹底的に、私はソフィアとは分かり合えないと感じた。彼女は所詮猫でも人間でもなく、特殊な力を持つ特殊な存在なのだ。

そしてその倫理は、私の持つそれとは大きく異なっている。

「やれやれ、よく分かりませんね。どうして聖女様はお怒《いか》りなのですか？　この男のことなど、なんとも思ってないでしょうに」

ソフィアの声音は、本当に理解できないと言わんばかりだった。

だが彼女の問いに、私は沈黙をもって応じた。もはやどれだけ言葉を尽くしたところで、彼女と分かり合えるとは思えなかった。

同時に、これほどの怒りを覚えたのは人生で初めてかもしれない。父や母、伯母や従兄《いとこ》にさえ、こんなに深い怒りを覚えたことはなかった。

天使の顔をして、人の人生をかき乱す。人の命をなんとも思っていない。その想いも、願いも、人生も。

これではソフィアの方がよほど悪魔じゃないか。

私はヘンリーのことをよく知らない。彼の代わりに怒るほど正義感を持っているわけではない。ならどうしてこんなに激しい怒りを感じるのか。それはソフィアが、何も分かろうとしていないからだ。

私のためと言いながら、していることはクラウスやメイリンたちがしてくれたこととは全く違う。ただ己の中だけでの正しさを押し付けて、私を好き勝手に操ろうとしている。こちらがどう感じるかなど全く無視で。

「ふざけないで！」

思わず怒鳴りつけてしまった。

告白しよう、怒ると同時に私は恐怖していた。何をするか分からないこの存在に。天使を名乗る悪魔に。その得体の知れなさを、今になって思い知らされたのだ。

ソフィアは私の考えを見透かしたかのように、全てを受け入れるような慈愛の笑みを見せた。

「分かってもらえなくても構いません。私はただ、私の為《な》すべきことを為すだけ」

そう言って、彼は私から離れていった。

怒りの反動か、息が上がっていることにようやく気づく。

ぶるぶると全身に震えがきて、思わず自分の体を抱きしめてその場に蹲《うずくま》ってしまった。

遠くで誰かの声がする。こちらに走って近づいてくる足音。いっそ全てが夢ならいいのにと思った。


「一体何があったんだ？」

部屋の中には気まずい空気が流れていた。

私はカウチの背もたれに体を預けながら、ぐったりと疲れ切っていた。

あの後、遠目に成り行きを見ていた使用人がやってきて、私たちのやり取りはクラウスの知るところとなった。

とはいっても、流石《さすが》に話の内容までは聞き取れなかったらしいが。

使用人から概要を聞いたクラウスは、怖い顔をして何があったのかを質問してくる。

だが正直にヘンリーとの会話を話すとなると、まず前提としてソフィアが猫だった時の発言なども説明しなければいけない。

こんなことになるのなら、最初からおかしな声が聞こえると申告しておけばよかった。そうすれば、ヘンリーの体が乗っ取られることもなかったのかもしれないのだから。

「長い、長い話になります」

そう言うと、クラウスはカウチの隣に腰掛け、言った。

「構わない。話してくれ」

それから休み休み、私は話をした。

庭で拾った子猫が、突然人の言葉を話し出したこと。猫はソフィアと名乗り、聖女である私を護るために天から遣わされたと言っていたこと。

「あの猫が、そんなことを……」

クラウスは驚いていた。彼の目には、ソフィアがただの稚《いとけな》い子猫に見えていたのだから当然だ。

私だって、しばらくは声の主が子猫だと気づかなかったほどなのだから。

「クラウス様が閉じ込められたことにいち早く気づけたのも、フィオメラから悪魔の匂いがするとソフィアに言われて探していたからなのです」

「なんだって!?」

もう随分《ずいぶん》昔のことのように感じられる。あの時の私は、まさかこんなことになるなんて想像すらしていなかった。

「ではソフィアは、フィオメラに悪魔が憑《つ》いていると？　俺の姉のように」

一般には伏せられているが、王妃であるイライザには悪魔が取り憑いていた。悪魔は聖女の血筋であるスタンフォード家を貶《おとし》め、不幸な結婚を強《し》いた。

私はしばらく、クラウスの質問に返事を返すことができなかった。

それは、メイリンのことを話すのが躊躇《ためら》われたせいだ。

「アビー？」

黙り込む私を奇妙に思ったのか、クラウスが顔をのぞき込んできた。

それでも話を強要するでもなく、気遣わしそうにこちらを見ているだけだ。

「お話しする前に、約束してくださいますか？」

「約束？」

「今からする話を聞いても、徒《いたずら》に使用人に嫌疑をかけたりしないと」

私の前置きに、クラウスは真剣な顔で頷いた。

「無論だ」

深呼吸をして、心を落ち着かせた。隠していたことを話すのには勇気がいる。

「フィオメラの話を聞いて、私はすぐクラウス様を探しに向かいました。運よくすぐに見つかったので、使用人に協力してもらって……」

「ああ、覚えている。確かにどうして君が最初にやってきたのか、不思議だったんだ。だが、あの時その子猫とは一緒に行動していなかったように思うが……」

「はい。ソフィアは話を聞いた場所に残って、フィオメラの話している相手を確かめに行っていたんです。そして戻ってきた彼女は言いました。フィオメラが話していた相手は――メイリンだったと」

メイリンの名前を出すのには、最後まで葛藤《かっとう》があった。

クラウスもまさかメイリンの名前が出てくるとは想像していなかったのか、息を呑んで固まっている。

「メイリンだと？　アビーの侍女の？」

私は思わず俯《うつむ》きそうになる自分を叱咤《しった》し、まっすぐにクラウスを見つめた。

「でも、私は信じていません。メイリンはよくやってくれています！　そんなはずない」

興奮する私を見て、クラウスは哀れむような目をした。から回っている気がして仕方ない。

彼は私の背中を撫《な》でながら、話の先を促《うなが》す。

「私はソフィアの話を受け入れませんでした。以来ソフィアはずっと喋らず、ただの猫として生活していました。なのに突然いなくなって……」

「なるほど。それで朝から探していたのか」

「そうです。心当たりは全て探しても見つからず、途方に暮れていました。ラザフォード卿に声をかけられたのはそんな時です」

「使用人からは、ヘンリーが君を庭に連れ出したと聞いているが」

庭に出る前から見られていたのか。事実なので、私は頷いた。

「そうです。庭を歩きながら、ラザフォード卿は仰いました」

そこから、先ほどの出来事を思い出し体が震えた。

「辛いなら、無理に話さなくても……」

「いいえ、いいえ。聞いてください」

私はクラウスの空いている手を摑《つか》んだ。彼の体温が伝わってきて、勇気がもらえる気がした。

「ラザフォード卿は、ヘンリー様は、自分はソフィアだと言ったんです。ヘンリー様の体を乗っ取ったと」

「なんだって⁉」

クラウスは啞然《あぜん》としていた。その気持ちは私も同じだ。

そして彼は両手で私の手を強く握り返した。

「まずはヘンリーに話を聞こう」

クラウスは使用人を呼んでヘンリーの部屋に走らせた。だが結果から言うと、二人の会談が実現することはなかった。

なぜかといえば、屋敷の中からヘンリーが忽然《こつぜん》と姿を消していたからだ。


一夜が明けても、まだヘンリーの行方は杳《よう》として知れなかった。

一方私はここ最近で一番すっきりとした目覚めだった。

それはヘンリーがいなくなったからではなく、クラウスにようやく隠していたことを全て話すことができたからだ。

話して初めて、黙っていることが辛かったのだと分かった。辛いのはメイリンを疑わなければならない苦しさで、まさかクラウスに隠さねばならないことにもストレスを感じていたなんて思わなかった。

また一方で、クラウスをはじめとした公爵家の人々は困惑していた。屋敷にいたはずのヘンリーが、たった一日で忽然と姿を消してしまったからだ。

門は門番によって絶え間なく監視され、他は高い塀によって囲まれている。だというのに、ヘンリーはまるで音もなく掻《か》き消えたかのようだった。

彼が連れてきた侯爵家の使用人たちにも、動揺が走っている。

「ヘンリー様はどこですか!?」

「いかな公爵家とはいえ、侯爵様に何かすればただでは済みませぬぞ」

中には、意図的に公爵家がヘンリーを隠しているのではと怪しむ者もいた。通りすがりに、諍《いさか》いになっているのも目にした。

「公爵様はお忙しい！　お引き取りを！」

クラウスに直談判しようとする侯爵家の使用人を、こちらの使用人が必死に押し留めている。

「アビゲイル様はこちらへ！」

その時はメイリンに庇《かば》われながら、慌てて部屋に戻った。

「困ったことになりましたね。旦那《だんな》様からは、何があるか分からないのでしばらく部屋から出歩かないようにとのことです」

結婚式を前に、アスガル公爵家は大混乱に見舞われていた。一晩明けた今も、屋敷のあちこちからヘンリーを探す声が響いている。

正直なところ、本当に結婚式ができるのだろうかと疑問に思ってしまう。私自身戸惑うことが多く、自分が結婚するという実感に乏《とぼ》しいのだ。

部屋の中には、メイリンの他に新しく二人の女性使用人が派遣されていた。

ソフィアの発言をクラウスに報告したことで、メイリンと二人きりだと何かあった時に対処しきれないという判断になったらしい。

あくまで念のためだと、クラウスには言われている。

部屋の中に知らない人がいるのは落ち着かないが、これからこの生活に慣れていかねばならないのだから仕方ない。

それにしても、ソフィアはどこへ行ってしまったのだろう。

彼女が言っていた通り、本当にヘンリーは死んでしまったのだろうか。

私は、ヘンリーという人をよく知らない。知っていることといえば、妻を心配して病を押して公爵家にやってきたということだけだ。

その時ふと、バーバラは今どうしているのだろうという疑問が湧《わ》いた。

夫が姿を消し、動揺しているはずだ。フィオメラという侍女もなく、心細い思いをしているかもしれない。

そう思うと、ひどく落ち着かない気持ちになった。

バーバラとはあまり喋ったこともない。仲がいいとは嘘《うそ》でも言えない関係だ。

それでも彼女の苦境を知っていて、他人事《ひとごと》のように知らぬふりをしているのが果たして正しいのか、私は分からなかった。

「ねえメイリン。バーバラ様に会えるかしら？」

普段滅多に希望を言わない私の言葉に、メイリンは目を丸くしていた。

少しの時間ならばという条件を呑んだ上で、私はバーバラが滞在している部屋の前に立った。

あらかじめ訪問の意図は知らせてあり、了承の返事も受け取っている。

それでも今のバーバラを訪ねるのは、大層勇気が必要だった。それでも今は、彼女に会うべきだと感じていた。

メイリンがドアをノックし、その後に続いて部屋に入る。

綺麗《きれい》に掃除された部屋の中で、バーバラは寝台で横になっていた。

侍女のフィオメラの姿はないが、代わりにヘンリーが連れてきた侍女たちが、心配そうに彼女に付き添っている。

横になっている彼女を見た時、訪問を許されたのは間違いだったのだろうかと慌てた。

だが私たちは追い返されることもなく、部屋の中まで招き入れられたのだった。

「お休み中とは知らず、お邪魔して申し訳ありません」

戸惑いつつ謝罪すると、バーバラは侍女の手を借りてゆっくりと体を起こした。

「謝る必要はありません。わたくしもお会いしたいと思っておりましたから」

「私と、ですか？」

バーバラの返答に対し、私は首を傾《かし》げずにはいられなかった。彼女が私と会いたい用事だなんて、何一つ思い浮かばなかったからだ。

「ええ。アビゲイル様に、謝罪しておきたくて」

「謝罪？」

「クラウス様に不用意に近づくような真似をして、申し訳ありませんでした」

彼女は寝台に座ったままではあったものの、深々と頭を下げた。その髪は乱れ、顔はひどく憔《しょう》悴《すい》した様子だった。

思いもよらぬ謝罪に、こちらの方が慌ててしまう。

「い、いえ。例の件はフィオメラが企《たくら》んだこと。バーバラ様は巻き込まれたにすぎません」

正直なところ、そうとは言い切れないということは私も知っていた。

それは彼らと食卓を囲んだ時に、バーバラが自《みずか》ら証言していたからだ。父親の意向で、クラウスと関係を持とうとしていたことを。

だがこの件は、クラウスの方針でフィオメラ一人の責任として、処理することが決まっている。

それに関しては私も異論はない。

「そんな、あなたも聞いていたではありませんか。私が父の命令でそうしたのだと」

絶望的な表情をするバーバラに、私は親近感を覚えた。

大人と呼ばれる年齢になっても親の意向に従ってしまう気持ちは、私にもよく分かる。それがどんな理不尽な意向であったとしても。

「であればなおさら、罪には問えませんわ」

だが、バーバラは私の返答に納得がいかなかったようだ。

「どうしてですか？　クラウス様を愛してはいらっしゃらないの？」

バーバラの問いに、驚いて彼女を見つめた。真っすぐに目が合う。彼女の目は深い悲しみの中にあり、ひどく澄んでいた。

「愛、ですか……」

愛とはなんだろう。知識としては知っている。でも見えるものではないし、誰かがこれを愛だと教えてくれたこともない。

自分がクラウスに対して抱く感情を照らしあわせて、愛だと断定する自信がない。

そして私が答えを出す前に、バーバラは顔を覆って泣き始めた。

「ごめんなさい。八つ当たりだわ。私はヘンリー様がいなくなって気が付いたの」

夜着に身を包んでしくしくと泣くバーバラは年齢よりも幼く小さく見えて、見ている方の胸が痛くなるほどだった。

「あの方を愛していた。優しくて、自分が大変なのにいつも私を気遣ってくれるあの方を。なのに今になって気づくなんて……」

しゃくり上げて子供のように泣くバーバラは、ひどく無防備だった。

私は胸が痛くなった。

現実は残酷だ。ヘンリーは姿を消したどころか体を乗っ取られ精神は死んでしまっているかもしれないなんて、こんな彼女に伝えられるはずがない。

「ヘンリー様もきっと、分かっていらっしゃいましたよ」

どうにかそう伝えるだけで精一杯だった。

同時に、あんな消え方をしたソフィアを許せないと思った。


それから毎日、私はバーバラの部屋を訪れた。特に何かするわけではない。ただ訪れて、バーバラの気が向いた時だけ少し話をする。

最初は迷惑そうにしていたバーバラだが、意外なほどすぐに私の存在に適応したようだ。

今更私に対して気取っても仕方ないと思うのか、やがて彼女は気やすく話しかけてきてくれるようになった。

「あなたって、変な人」

「そうですか？」

ぼんやりしているバーバラに付き添って、その日は本を読んでいた。ロビンにおすすめされた本だ。男女の礼儀作法について物語の中で学べるらしい。

「自覚ないの？　公爵の婚約者になったのに、どうしてそんなに控えめなのよ」

自分が控えめだという自覚はなかった。

というより、何を言っていいか分からず他の令嬢方に比べて控えめになってしまうのかもしれない。

「そうですね。もっと頑張ります」

「そういうことじゃなくて！」

バーバラもまた、出会った当初とはイメージが違う。こんな風に大声を出すところなんて、想像さえできなかったのに。

「もっとどーんと偉そうにしてればいいのよ。周りは勝手に傅《かしず》いてくれるんだから」

「そ、そうですか……」

そうは言われても、偉そうにするというのがなかなか難しい。公《おおやけ》の場では、人前で立っているだけで精一杯だ。

「本当に信じらんない。私がその立場なら、もっと……」

バーバラはそこまで言って、不自然に言葉を詰まらせた。

「もっと？」

先を促したものの、俯いて口を閉ざしたままだ。

無理やり語ってもらうようなことでもないので、私は本に視線を戻した。

そして一ページほど読み進めたところで、バーバラがようやく次の言葉を紡いだ。

「やっぱり、無理だわ。正直、クラウス様と結婚する未来なんて想像もできないもの」

「そういうものでしょうか？」

「当たり前でしょ。屋根裏部屋で二人きりになった時、あの人本当に怖かった」

バーバラの言葉に、私は驚いてしまった。初対面の時を別にすれば、クラウスを怖いと思ったことなどない。私にとってクラウスは、こちらが心配になってしまうほど優しい人だ。

「それは、閉じ込められて焦っておいでだったのでは？」

「そうじゃないの。私があなたでないと気づいた瞬間、クラウス様からものすごい怒りを感じた。二度と二人きりになんてなりたくないわ」

そう言って、バーバラは自分の体を抱いて身震いしていた。

どうやら思い出すことすら躊躇われるほどらしい。

暗闇《くらやみ》で二人きりという特殊な状況だからかもしれないが、彼はいつも紳士的なのでバーバラの言う怒ったクラウスを思い浮かべるのは難しかった。

私の考えが伝わったのか、バーバラは大きなため息をついた。

「もういいわよ。あなたたちなんだかんだでお似合いよ」

「え？　ありがとうございます」

バーバラの話はあちこちに飛ぶ。

「そんなことを言われたのは初めてです」

似合わないと言われたことは星の数ほどだが、お似合いだと言われたのは初めてだ。

言われた瞬間はなんとも思わなかったのだが。どんどん顔が熱くなってきて冷静ではいられなくなってきた。

本のページは一向に進まないし、何を考えようとしても頭が真っ白になってしまう。

「あなたって、意外に分かりやすいのね」

バーバラが呆《あき》れたように言った。

どうやら私の考えていることなど彼女にバレバレであるらしい。

「いやね。思い出しちゃった」

「何をですか？」

「ヘンリー様とね、結婚した時のことよ。教会で愛を誓った後、あの方は顔を真っ赤に染めていらした。それで涙を浮かべながら言ったのよ。この日を生涯忘れないって。子供みたいに、鼻水まで垂らして」

バーバラは嬉《うれ》しそうな切なそうな、複雑そうな顔で思い出を語った。

「あの方とは、別荘が隣同士だったの。まだ小さかった頃庭に迷い込んだ私を、ヘンリー様は咎《とが》めもせず相手してくださったわ」

「素敵ですね」

思わずそう呟《つぶや》いていた。

ヘンリーにとって、バーバラとの結婚は望外の喜びだったのだろう。

それがどうしてこんなことになってしまったのかと、切ない気持ちになる。遠い目をするバーバラの横顔を見ながら思う。

美しい人形のように見えるバーバラだが、そうしているとひどく人間味が感じられた。私には今の姿の方が、美しく思えた。


クラウスはいらついていた。

それは旧友であるヘンリーが自分の屋敷から忽然と姿を消し、その後の行方が杳として知れないからだ。

いなくなってから数日が経ち、今では捜索範囲も屋敷の外にまで広げている。

ところが状況は芳《かんば》しくない。

侯爵家のタウンハウスも探しているが、そちらにもいないのだ。

ゆえにクラウスは判断を迫られていた。貴族の——それも高位貴族である侯爵家の当主がいなくなるなんてただ事ではない。

ちなみに、既《すで》に城にはこの不可思議な現象について届け出ており、国王の裁可を待っている状態だ。

「侯爵夫人はどうしている？」

ロビンに問いかけると、意外な返事が返ってきた。

「最近はよく、アビゲイル様が見舞っているようです」

「アビーが？」

それはクラウスにとって意外な報《しら》せだった。そもそもアビゲイルは、身近な人間以外と喋ることが苦手なのだ。

初めて会った時も挙動不審であり、そこから時間をかけて信頼関係を築いてきたと自負している。

「はい。ですのではじめは動揺したご様子でしたが、今は精神的に落ち着いているようです」

「なるほど。落ち着いているならばよかった」

思えばラザフォード侯爵夫人にとっても、ヘンリーが失踪してからこっち混乱の日々だろう。

とはいえ一緒に屋根裏部屋に閉じ込められたことで、彼女に対しては苦手意識を持ってしまっている。なのでラザフォード侯爵夫人への対処をアビゲイルがしてくれているのはありがたいが、同時に二人が友好的にしているのはクラウスにとって複雑である。

アビゲイルはクラウスがラザフォード侯爵夫人と二人で閉じ込められたと知っても、ほとんど動揺した様子を見せなかった。

クラウスはアビゲイルに嫉妬《しっと》してほしいのだ。

なので正直なところ、疑惑のあったラザフォード侯爵夫人とアビゲイルが親しくしているのは複雑なのである。

クラウスはそんな煩悩を振り払い、現状について考えた。

ヘンリー失踪について事態をややこしくしているのは、天使の声を聞いたというアビゲイルの証言だ。

アビゲイルが聖女であるというのは国の上層部にとって公然の秘密であるが、王妃に取り憑いた悪魔を追い払った事件以外では、少し内向的なだけのいたって普通の少女なのである。

一緒に暮らしていると、ついその事実を忘れそうになってしまう。

実際、深刻な顔をしたアビゲイルからソフィアについて説明された時も、半信半疑だった。

今もアビゲイルを信じたいという気持ちはあるものの、一方で旧友が天使に体を乗っ取られたというのはどうしても受け入れがたい。

クラウスは自分のできる範囲での対策に限界を感じ、専門家を招いていた。

その人物が今宵、到着する予定になっている。

日が暮れると雨になり、突如として激しい雷が鳴り響いた。雷雨の中到着した馬車を、クラウスは安堵《あんど》と緊張をもって迎えたのだった。

第五章　向かい合う過去

「やれやれ、ひどい目に遭った」

恰幅《かっぷく》のいい壮年の紳士が、合羽《かっぱ》を脱ぎながら言った。黒い合羽は使用人の手で手入れのため洗濯室に運ばれ、男のために熱い紅茶が用意される。

「ご足労いただきありがとうございます」

クラウスの方が爵位は上だが、目の前の男は友人の父でもある。礼儀をもって迎え入れると、紳士は闊達《かったつ》に笑った。

「ははは、なにやら苦労しているようだな」

この人にはかなわないと思いつつ、何もかも吹き飛ばすように笑う相手に安心感を覚えたのも事実だ。

訳が分からない状況にあって、これほど頼りになる相手もいない。

「いい加減、悪魔なんて得体の知れない者とは縁が切れたと思っていたのですがね」

クラウスが冗談半分でそう言うと、客人――バレーヌ伯爵は突然怖い顔をして声をひそめた。

「ならばあの娘からは手を引くことだ」

未だ玄関先での出来事である。


夜が更《ふ》けてからやってきたのは、懐かしい相手だった。

「お久しぶりですバレーヌ伯爵」

突然の雨に陰鬱《いんうつ》な気持ちでいたところに、客人があるからと挨拶《あいさつ》に呼ばれた。

こんな時間に一体誰だろうかと緊張していたが、会ったことのある相手でほっとしたのは確かだ。

バレーヌ伯爵は雨雲を吹き飛ばすような勢いで笑っていた。

「いやはや、一年で立派なレディになったものだ。クラウス坊やも隅《すみ》に置けんな」

思わずつられて笑っていると、クラウスは坊やと言われたことが不満だったのか、伯爵の大きなお腹《なか》を肘《ひじ》でつついていた。

それだけでも気の置けない相手なのだと伝わってきて、なんだか微笑《ほほえ》ましい。

「さて、それで天使について聞きたいのだったな」

挨拶を終え応接室のソファに落ち着くと、話を切り出してきたのは伯爵の方だった。

クラウスはいつもより少し口数が少ないようだ。普段なら客人から話を切り出させるような真似はしないのだが。

「え、ええ」

やはり本調子でないらしい。私はクラウスの体が心配になった。ただでさえ忙しくしていたところにこの騒動だ。彼の仕事に影響が出ていないはずがない。

私は申し訳なさを感じた。だが謝ったところで、優しいクラウスは否定するだろう。

「そんな顔をするな。陛下からも、聖女様のために身を粉《こ》にして働くようにと言われている」

そう言って、伯爵は私に向けてウインクをした。

茶目っ気のある人だ。落ち込んでいた気持ちが、少しだけましになった。

それでも私が貴族としてもっとちゃんとした教育を受けていれば、少しはクラウスの負担を減らすことができたのにという考えが去ることはない。

そんなやり取りを経《へ》て、改めて伯爵に詳しい事情を説明し、話し合いとなった。

伯爵は持ってきていた鞄《かばん》からばさばさと数冊の本を取り出した。どれも年代物で、表紙は擦《す》り切れて読めなくなっている物がほとんどだ。

「これは？」

クラウスがそのうちの一冊を持ち上げて言う。

「おっと、迂闊《うかつ》に開くなよ。開けた人間を呪うようなのもあるからな」

伯爵の何気ない一言に、クラウスが硬直していた。

彼は持ち上げた本を慎重にテーブルの上に戻していた。

「伯爵は天使についてもご存じなのですか？」

彼が悪魔対策官という特殊任務に就いていることは、私も昨年の事件がきっかけで知っている。だがその仕事内容は一般人には理解しがたく、その上極秘任務だとのことで家族も知らないのだそうだ。

「悪魔を語る上で、天使は切っても切れない存在だ。とはいえ、私も直接対面したことはないが」

伯爵はその豊かな髭《ひげ》を撫《な》でながら言った。

そしてまっすぐに私を見る。

「お嬢さん。その猫が天からの遣いを名乗ったというのは本当なんだな？」

どうやらクラウスからある程度のことは既《すで》に聞いているようだ。

ソフィアが天からの遣いを自称したことは本当なので、私は素直に頷《うなず》いた。

「なるほど。それで、その猫は他にも何か言ってなかったか？　例えば他の天使のことは？」

「ええと……他にも天から遣わされた存在はいるようでした。ただ、悪魔に妨害されて死んでしまうことがほとんどだと」

私の言葉に、伯爵は難しい顔をした。

「なるほど。実はな、天使という存在は悪魔以上に謎《なぞ》なのだ。本当に存在するのかどうかすら分からん」

そう言いつつ、伯爵は持ってきた数冊の本に視線を落とす。

「一応それらしい記述のある本は片っ端から持ってきてみたが、あまり役に立ちそうにはない。だが……」

そう言いつつ、一冊を持ち上げぺらぺらとページをめくる。

「見てくれ」

そう言って開かれたページは、ボロボロで今にも崩れ落ちてしまいそうなほどだった。劣化して茶色くなった羊皮紙《ようひし》には、無数の皺《しわ》が走っている。その皺の中に所々、消えかけのインクでこう記されていた。

『天使を――てはならない。彼らは時に――となり人を惑わす』

読める文字は少ない。

そしてその文章の末尾には、こう綴《つづ》られていた。

『――したくば、――で――を貫け』

最後の文章は読めない部分が多いが、前半の文章は読み取れる単語が多い。

文字の意味をそのままにとるなら、人を騙《だま》すということになる。天使という言葉の響きからは、考えられない邪悪さだ。

「なんだこれは……」

クラウスの声からは不審の念がありありと感じ取れた。それは私も同じだ。

「伯爵。それではソフィアは私を騙していたのでしょうか？」

ソフィアと過ごしていた日々を思い出す。灰色のか弱い存在は、白く美しい猫へと成長した。言葉を話す猫が普通ではないというのは分かっていたが、彼女がヘンリーを乗っ取るまで敵意を感じ取ることはできなかった。

いや、最後に言葉を交わした時ですら、敵意は感じられなかった。

その態度はどこか無邪気で、私に対する悪意なんて一切感じ取ることができなかったのだ。

私が鈍いのだと言われればそれまでだが、あんなにも親しんでいた存在に裏切られたのだと思うと胸が苦しくなる。

「大丈夫か？」

気づくと、本に意識を集中しすぎていたようだ。

クラウスがいつの間にか私の顔をのぞき込んでいた。彼の手は案じるように私の背中を撫でている。

「ごめんなさい。もっと早くにお話ししていれば……」

話していれば、ヘンリーの体を乗っ取られる事態は避けられたかもしれない。そう思うと罪悪感が募った。

そもそもあの猫を屋敷に招き入れ、傍《そば》に置いたのは私なのだ。

勝手なことをしたせいで、沢山の人に迷惑をかけてしまった。バーバラの憔悴《しょうすい》した様子が思い出され、胸が塞《ふさ》ぐ。

「いや。聞いていたところで、こんなことになるとは誰も想像できなかった。そこのぼんくら親父《おやじ》でさえな」

「おいおい、随分《ずいぶん》な言いようじゃないか」

バレーヌ伯爵は道化のように声を張った。二人とも私を気遣ってくれているのだろう。これ以上心配をかけるわけにはいかない。

私は気持ちを入れ替えて前を向いた。

今は過去を嘆くよりも、ヘンリーの体を奪ったソフィアを見つけることが先決だ。

「それで、天使が行きそうな場所に心当たりはありますか？」

クラウスの質問に対し、バレーヌ伯爵は一冊の本を持ち上げる。粗末な装丁の本は、綴《と》じ方も他の本に比べて簡素だ。

「これはとある変わり者の男爵が、地方の民話をまとめたものだ」

伯爵は記憶を手繰《たぐ》るようにゆっくりとページをめくった。そして開いたページには、神経質な文字で短い物語が綴られていた。

「古い言い回しだな」

「ざっと二百年前ほどだな」

伯爵の開いたページに書かれていたのは、不思議な物語だった。

あるところに天涯孤独の男がいた。男は幼少の頃に事故で家族を失っていた。以来村の人間とも好んで交わらなかった。

ところが男が山に入って戻ると、別人のように性格が変わっていた。村の人々は訝《いぶか》しんだが、こちらの方が親しみやすいと深く追及することはなかった。

それから一年ほど経つと、男は村の娘と結婚し所帯を持った。男を慕って人が集まり、村は栄えた。

だがある時、村から全ての住人が消え失せる事件が起きた。

大きな騒ぎになったものの、時と共に事件は忘れ去られた。村は廃《すた》れ、やがて山の木々に呑《の》み込まれた。

ある時、難を逃れて生き残った老人が、久しぶりに村を訪れた。老人は天涯孤独の男の息子だった。事件が起きた時、彼は村を離れていたのだ。

そして老人は、故郷で消えたはずの父親と再会した。

驚いたことに、男は消えた時と同じ若々しい姿だった。

だが老人の記憶と違い、男は口も利かず笑いもしなかった。彼は自分が所帯を持った家ではなく、子供の頃に暮らした家にぼんやりと佇《たたず》んでいたという。

「不思議な話ですね」

説話の類《たぐい》なら戒めや教訓があるはずだが、この話にはそれがない。ただ淡々と、起きたことを記録したという印象を受ける。

「この話、今回の失踪と似ているとは思わんか？」

「これが？」

「序盤で男は別人のように性格が変わっている」

「確かにそうですが……」

バレーヌ伯爵の意見に対し、クラウスは懐疑的だ。

「アビーはどう思う？」

最後に父親と再会した老人のことを考えていた私は、クラウスの言葉で我に返った。

「ええと、どうしてこの方は子供の頃に暮らした家にいたのでしょうか？」

咄嗟《とっさ》に考えていたことが口から出てしまい、二人が不思議そうにしているのが分かった。

また見当違いなことを言ってしまったようだ。

「どうしてか。そんな風に考えたことはなかったな」

「そもそも誰もいない村なのだからどこにいてもいいと思うが——しいて言うなら懐かしかったんじゃないか？」

二人が無理に話を合わせてくれるのが、居たたまれない。

「申し訳ありません。伯爵が仰《おつしや》りたかったのは、男の性格が大きく変わったという部分ですよね？」

「ああ。だがお嬢さんの着眼点は興味深い。確かに自宅ではなく、わざわざ生家にいたと記されているのは妙だ」

「というと？」

「読者を怖がらせたいなら、ただ男が老いることもなく存在していたことだけ書くべきだろう。それを再会した場所まで書くということは、この部分を意図して書き残したという解釈もできる」

「だが、なぜそのようなことを？」

クラウスの問いに答えず、伯爵は真剣な顔で考え込んでいた。

私はクラウスと顔を見合わせる。生家にいたという老いない男。もしかしたらこの男も、ソフィアのように天使に乗っ取られていたのだろうか。

「とにかく、この男がヘンリーのように乗っ取られていたのだとしたら、実家のように思い出深い場所にいる可能性があるということだ」

クラウスはそう言って立ち上がると、ロビンに命じてヘンリーの地元、つまりラザフォード侯爵家の領地へ早馬を出すよう手配した。

領地にあるマナーハウスに、もしかしたらヘンリーがいるかもしれないと考えたからだ。

また、バレーヌ伯爵はヘンリー対策のためしばらく公爵家に滞在することになった。

マナーハウスでヘンリーが無事見つかってくれればいい。意気消沈していたバーバラを思い、私は祈るような気持ちだった。


それから一週間経っても、ヘンリーの行方は依然として分からなかった。

マナーハウスに向かった使者は、まだ戻っていない。

私はその日、クラウスとバレーヌ伯爵と共に実家であるスタンフォード家を訪れていた。

ここに来たのは、聖女の血を受け継ぐスタンフォード家に天使に関する資料が残されていないか探すためだ。

久しぶりに見る実家はクラウスの支援によって、経年を感じさせつつも美しく整えられていた。私が暮らしていた頃とは全く別の場所のように見えた。

母の葬儀以来、実家には帰っていない。それは新しい生活に慣れるのに必死だったせいもあるが、なによりぼろ雑巾《ぞうきん》のような扱いを受けていたあの頃に戻りたくないという思いがあった。

両親を憎んでいるかと尋ねられたら、はっきりと否定することができない。

家を離れて時間が経ったことで、私は自分が置かれていた環境がどれだけ異常だったのかを知った。一度知ってしまえば、もう何も知らなかった頃には戻れない。

けれどその元凶となった父や母を、今更憎みたくもない。だから距離を取ることしかできなかったのだ。

「大丈夫か？」

私が実家を苦手としていることを知っていて、クラウスは案じてくれている。

苦しむことを承知で資料探しに同行したのは、家政に無頓着な父よりも私の方が、資料探しに役立つだろうという確信があったからだ。

玄関から家の中に入ると、そこには父であるモーリスが待ち構えていた。

年齢は四十を少し回ったところだと思うのだが、母が亡くなってから一気に老けた気がする。

「ようこそいらっしゃいました」

かつては怒鳴ることもあった父だが、生活を援助してくれているクラウスに対しては従順なようだ。

何事も母のことが第一だった父。

一緒に暮らしていた頃との違いになんとも言えない気持ちになる。

「家の中を見せてもらうぞ」

あらかじめ事情を伝えてあったのか、それ以上話すことなく私たちは奥に進んだ。

父が異論を唱えることはなかったが、何か言いたげにじっと私を見ていた。

「こちらです」

二人を案内したのは、祖父が集めた本が仕舞ってある書斎だ。

祖父の部屋の奥、壁の本棚をずらしたところに書斎への入り口があった。この書斎の存在を、おそらく父は知らないだろう。

「こんなところに……」

クラウスも伯爵も、本棚が動いたことに驚いていた。存在を知らなければ、こんなところに書斎があるとは誰も思わないだろう。

私にとってここは、かけがえのない場所だ。私はここで本を読むことで、知識のほとんどを学んだ。

「ただ、ここにある本のほぼ全てに目を通しましたが。天使についての記述というのはなかったように思うのですが……」

「この量を？　そりゃすごい」

バレーヌ伯爵が感心したように言った。彼は物珍しそうに本を見て回っている。

本は高価なので、祖父亡き後両親や伯母に売り払われずに済んだのは僥倖《ぎょうこう》だった。もしかしたら祖父は、その危険性を考えた上でこんなところに書斎を作ったのかもしれないが。

「ふむふむ」

伯爵は髭を撫でながら、しげしげと蔵書の棚を見て回っている。私とクラウスも、手分けしてそれらしい記述がないか探してみる。

だが、いくら小規模とはいえここにある本全てにもう一度目を通すとなると、すさまじい時間がかかるだろう。

三人で手分けしたとしても、どれだけかかるか分からない。

「やれやれ、一日では厳しそうだな」

どれだけそうしていたのか、クラウスがぼやいた時には日が暮れかけていた。

窓から入る光も少なくなり、文章を追うのが難しくなってきた。置きっぱなしになっていた古びたランプに火を入れるが、これ以上集中し続けるのは難しそうだ。

「一度家に戻りましょうか？」

「いや、私はここに泊まるぞ！　今いいところなんだ」

ランプの傍で熱心に文字を追いながら、伯爵が叫んだ。どうやら彼の琴線に触れる本があったらしい。

私はせめて軽食でも用意しようと、祖父の部屋を出た。

するといつから待っていたのか、廊下の椅子《いす》に腰掛けて父が待っていた。

私に気づき、腰を浮かせる。

父の姿を見た瞬間、かつての記憶が一気によみがえり体が硬直して身動きができなくなった。この家の中で迂闊《うかつ》に一人になるべきではなかったという後悔が襲ってくる。

「アビゲイル……」

そうしている間に、足早に近づいてきた父は私の手首を摑《つか》んだ。

頭が真っ白になって、思わず悲鳴を上げてしまった。

「きゃぁぁぁ！」

「どうした！」

すぐに気づいて、背中のドアが開いた。クラウスが私の体を引っ張り、父の手が離れる。クラウスは私と父との間に体を割り込ませた。

「どういうつもりだ」

凍えるような冷たい声だった。私が向けられたわけでもないのに、恐ろしくて震えてしまいそうだった。

「わ、私はただ……」

父はひどく狼狽《うろた》えていた。

冷静になって見てみると、父は記憶にあるよりも本当に小さくなっていた。

その姿を見ていると、まるでかつての自分を見ているようだった。抵抗することができず、いつでも人の言いなりになっていた自分を。

恐る恐る、私はクラウスの横に並んだ。

「アビー？」

訝しそうに、クラウスが私を見る。勇気を貰《もら》うために、私はクラウスの手を握った。大きくて温かい、大好きな手だ。

「……お父様。私に言いたいことがあるのですか？」

声が震えるかと思ったけれど、口に出してみると思ったよりも普通だった。

父は俯《うつむ》き、喋《しゃべ》ろうとしているのになかなか言葉にならないようだった。

「お父様？」

もう一度問いかけると、父はようやく顔を上げた。老いてはいるが、使用人がいるためか身だしなみは綺麗《きれい》に整えられていた。

「あ……」

父の言葉を、私たちは辛抱強く待った。

「幸せ、か？」

そう言われた時、私に対する問いかけだと気づくのに時間が必要だった。まさかそんなことを尋ねられるとは夢にも思わなかったからだ。

クラウスが繋《つな》いだ手を強く握った。

「……幸せです。とても」

これだけは間違いなく断言できる。どこで誰といるより、クラウスと共にいるのが私の幸せだ。

「そうか……」

か細い声でそう言うと、父がほんの少しだけほほ笑んだ気がした。

そんな表情を見るのは、今まで生きてきて初めてかもしれない。

父はポケットから手帳を取り出し、こちらに差し出してきた。

「それは？」

尋ねても、父は答えなかった。ただ黙って、手帳を差し出すばかりだ。

なかなか受け取らないでいると、クラウスが心配そうに問いかけてきた。

「どうする？」

その声でふと我に返る。

そして、今は一人ではないことに気が付いた。この家にいる時はいつも孤独を感じていたけれど、今はもうそうではないのだ。

クラウスと手を繋いでいれば、無限に勇気が湧《わ》いてくる気がした。

手を伸ばし、静かに手帳を受け取る。

そのまま何も言わず、父は去っていった。


受け取った手帳を手に部屋に戻ると、バレーヌ伯爵は出て行った時と同じように本を読み進めていた。

外の騒ぎが全く気にならなかったのかと思うと、なんだか彼らしくておかしかった。

サイドテーブルの上に本を置き、伯爵に断ってランプをサイドテーブルに移動させた。

伯爵も手を止めてこちらに近づいてきた。

「なんだ？　新しい手がかりか」

「分かりません。何も教えていただけなくて」

「そりゃあまた……」

呆《あき》れているのか、伯爵は言葉に困っているようだった。

古びた手帳を開くと、癖のある文字が綴られていた。父の字だ。読めないことはないが、ひどく神経質そうな文字が続く。

そこには結婚してからの悔恨の日々が綴られていた。

どうしてこうなったのかと過去を悔やむ文章。父の過去を思えば、過去を悔やむ気持ちは分からなくもない。学生のうちに私を授かり、本来の婚約者と別れて母と結婚したのだから。

突然の婚約破棄によってスタンフォード家は大変な損害を被《こうむ》った。社交界で村八分になり、多くの親類から縁を切られた。

そんな日々は、結婚前に思い描いていた生活とは違っていたのだろう。

もっとも、クラウスの姉であり父の元婚約者であるイライザが、婚約破棄を狙って母をけしかけたと聞いている。婚約破棄の後、彼女は当時の王太子に嫁ぎ、やがて王妃となった。

その王妃に悪魔が取り憑《つ》いていたと判明するのは、婚約破棄から十八年後、今からわずか一年前だ。事件は秘密裏《ひみつり》に処理されたため、母は死ぬまでそんな事情は知らなかっただろうし、父には何も伝えていない。

「こりゃあひどいな」

ぼんやり文字を追っていたため、反応するのに時間がかかった。顔を上げると、バレーヌ伯爵は呆れたように手帳から視線を外していた。

「どうやら我々が読むべきものじゃないらしい」

そう言って、伯爵は元の作業に戻っていった。

「アビー。なにも無理に読むことはない」

クラウスが心配しているのが伝わってきた。私は思わず苦笑してしまう。先ほどの父親との対面は動揺してしまったが、その手帳を読んだくらいで過去の苦しさに引きずられたりはしない。

「そうですね。でももう少しだけ」

そう言って、はじめから読んでいくのではなくぱらぱらと手帳を流し読みした。クラウスも自分が読んでいた棚の前に戻っていく。

ページ数はそう多いわけではないので、手帳のページは簡単に見終わってしまった。

すると最後の数ページが張り付いていて、読めなくなっていることに気が付いた。

インクが乾かないままに閉じたのか、或《あ》いは読まれたくない文章でもあったのか。無理に剥《は》がそうとすると、破けてしまいそうだ。

諦《あきら》めようかと思いつつ無意識に紙の上をなぞっていると、不思議なことにするするとページが剥がれ、中が読めるようになった。

ページが張り付いていたのは私の気のせいだったのだろうか。

腑《ふ》に落ちないものを感じつつ閉じていたページをめくると、そこには見覚えのある文章が記されていた。

『天使を信じてはならない。彼らは時に悪魔となり人を惑わす』

『悪魔を滅したくば、銀の剣で胸を貫け』

私は唖然《あぜん》として、慌《あわ》ててクラウスと伯爵を呼び寄せた。


「なんてことだ」

実家を出て公爵家に戻った後も、伯爵はその言葉を繰り返していた。そして客室に置いてあった己の蔵書をひっくり返し、手帳と読み比べては唸《うな》るのだった。

「創リエンの書の写しが存在するなんて……いや、正確性には疑いの余地がある。だがこれだけ符合するのであれば偶然ではありえない」

どうやら手帳の最後のページに書き連ねられていた文章は、散逸したと思われていた古い書物の写しらしかった。

「これは大発見だ！」

伯爵が手帳片手に、すごい迫力で迫ってくる。

「君の父上は研究者だったのかね？　それとも当主にのみ受け継がれている口伝《くでん》だろうか？」

残念ながらどちらの心当たりもなく、私は首を左右に振った。

それよりも私が気になっているのは、天使が悪魔となるという不穏な文章の方だ。

「バレーヌ伯爵。この天使が悪魔となって人を惑わすというのは、どういうことなのでしょう？」

今まで私は、漠然とではあるが天使は良いもの、悪魔は悪いものという認識を持っていた。

ところがこの文章を信じるなら、天使という存在は悪魔にもなりうるという。天使の顔をして近づいてくるという意味では、悪魔よりもよほど悪質に思えるのだが。

伯爵は私との温度差に気づいたのか、咳《せき》払いをして真剣な顔になり、こう言った。

「これの原典である創リエンの書というのは、既に滅びたとされている西方の国で記されたものだ。この国に関する詳しい記録は残っていない。ただ一部の俗説を信じるなら、その国は悪魔の子孫によって打ち立てられた国だという」

信じられない内容に、おもわず息を呑んだ。

「そんなことがあり得るのか!?」

一緒に話を聞いていたクラウスも驚いている。

「あくまで俗説だ。事実、創世神話の類であれば自国の特別性を誇示するため始祖王が超人、異邦人の類であることは珍しくない」

「言われてみれば、確かにそうだが」

確かに、その類の神話は私も読んだ覚えがあった。とはいえ流石《さすが》に始祖が悪魔という邪悪な存在であると語っている国は、寡聞《かぶん》にして聞いたことがない。

「ちなみに私は、始祖王が悪魔の子孫であることも、手帳に書かれたこの文面も、一定の信憑性《しんぴょうせい》があると考えている」

「それは、なぜですか?」

「理由はそう多くはないが、まず悪魔という存在が実在することを、我々は知っている。その悪魔が我が国の王妃に取り憑いていたことを考えれば、人間の支配中枢《ちゅうすう》に入り込むことは悪魔にとって利することなのだろう」

伯爵の言葉を否定することはできなかった。

実際、悪魔に取り憑かれていた王妃イライザは、長年この国の最高権力者である王の最も近い場所にいたのだ。

「そこにきてこの文面だ。天使が悪魔になるというのはよく分からんが、これを見ると一概に善悪を断じられる存在ではないのかもしれんな」

伯爵の言葉に、私はソフィアのことを思い出していた。

彼女が天からの遣いと名乗ったから、無条件に善なる存在なのだと思っていた気がする。子猫という無防備な外見をしていたことも、その認識に拍車をかけた。

だがヘンリーの体を乗っ取ったソフィアと話した時、体の底から怖気《おぞけ》を感じた。

彼女が優しく善良な存在であると、私はもう断言できない。恐れを感じてしまっているから。

「つまり、悪魔になってヘンリーに取り憑いたと？」

「可能性はある。なあお二人さん。先日人格が変わってしまった男の話をしただろう？」

「え、ええ……」

「村が滅んだという話ですよね？」

「これはお嬢さんの実家の書斎にあった本なんだが」

そう言って、伯爵は懐《ふところ》から一冊の本を取り出した。それはなんの変哲もない一冊の絵本だった。

「これが……？」

思わずその表紙を凝視してしまう。

擦り切れたその表紙は、実家にあったものであるはずなのに見覚えがない。

「まるで隠すように、棚の裏に立てかけられていた」

「だが、これはただの絵本では？」

私と同じように、クラウスも困惑しているようだ。子供向けの柔らかいタッチで描《えが》かれているのは、暗い顔をした一人の青年だった。一見すると絵本の主人公にはそぐわない人物のように思えるが。

そして青年の傍には、灰色の猫が佇んでいた。まるで猫が青年に語り掛けているように見える。

伯爵は私たちに見せるように、ぱらぱらと絵本のページをめくった。

おおよその内容は先日聞いた内容と一緒だが、決定的に違う部分もある。なにより違うのは、この絵本が青年の目線で描かれていることだ。

青年は一人ぼっちの寂しい暮らしをしており、そんな時灰色の猫がやってきた。猫は青年に語り掛ける。自分の言う通りにすれば、村の人気者になれると。

青年は猫の提案を受け入れる。

すると猫の姿は掻《か》き消え、自分が自分ではないような感覚を味わう。明るくなった青年に感化され、村もにぎやかになっていく。

青年は結婚して子供を儲《もう》けるが、その生活が自分の人生ではないように感じられ、虚《むな》しくなる。

そんなある時、再び猫が青年の前に現れる。

猫は青年の願いを叶えた労力と引き換えに、村人全ての命を欲しがる。

狼狽《ろうばい》した青年は、せめて我が子だけは助けたいと考え、村の外に逃がす。

やがて成長した子供は、村にただ一人残された青年のもとにやってくる。悪魔となった父親を倒すために。

「これは……！」

同じタイミングで読み終えたのだろう。クラウスが驚きの声を上げた。

この絵本には、はっきりと父親が悪魔に乗っ取られた旨《むね》が記されている。しかも、青年を唆《そそのか》したのはソフィアと同じ灰色の猫だ。

この符合に、絵本の内容がソフィアと無関係だとはもう思えなくなっていた。

「ラザフォード侯爵は残り少ない命を儚《はかな》んでいた。健康への願いは誰よりも切実だっただろう。もしこの男のように悪魔に願い事をして、それが叶えられていたとしたら――」

バレーヌ伯爵は言葉を濁《にご》した。

「その結果が、あの変わり果てたヘンリーだと？」

「分からん。だが、この中で悪魔は願いを叶えた引き換えに、村人全員の命を奪っている。ヘンリーと取引した悪魔が何を欲しがるのか、全く想像がつかん」

部屋の中に緊迫した空気が流れた。

伯爵は絵本を閉じると、持ってきた本と一緒に自分の鞄の中に詰め込み始めた。

「とにかく、私はこの事態を陛下に報告に行く。お嬢さん。悪いがこの絵本は借りて行くぞ」

「待ってください。我々は一体どうしたら……」

「陛下から沙汰《さた》があればすぐに知らせる。警備を手厚くし、ラザフォード侯爵夫人の身柄はなんとしても保護してくれ」

そう言い残して、伯爵は慌ただしく屋敷を出て行ってしまった。

「やれやれ。行きも帰りも慌ただしい人だ」

クラウスはそう呆れていたけれど、その顔は予想される惨事を前に引きつっていた。

おそらく私も、似たような表情をしているに違いない。

一体ソフィアは何者だったのか。調べれば調べるほどに、暗い穴に引きずり込まれるような心地がした。

第六章　婚礼の日

落ち着かない状況ではあるが、結婚式はやってくる。

国内外から沢山の参列者を招待しているので、挙式の日を変更することができないのだ。

使用人たちは準備に奔走し、私とクラウスも気がかりを残しながらその日を迎えた。

当日は空が綺麗《きれい》に晴れて、申し分のない日和《ひより》となった。式には国外から招かれた高位の聖職者や、クラウスの義理の兄にあたる国王も参列する。

朝、全身隅々《すみずみ》まで磨き上げられ、一年近い歳月をかけて完成した白いドレスを身に纏《まと》う。ずっと喪に服した黒いドレスを着ていたので、他の色の服というだけで目に眩《まぶ》しく感じられた。

「アビゲイル様、とってもお綺麗です！」

着替えを手伝ってくれていたメイリンが、感極まったように言う。

今日まで家族よりも近くで見守ってくれたメイリンに、深い感謝を覚えた。

ソフィアの言葉を信じて、彼女を遠ざけなくてよかった。今日の姿を彼女に見てもらえてよかったと思った。

結婚式は、王都の中心にある荘厳な大聖堂で行われる。

馬車でクラウスと移動する際、ヘンリーについての話になった。

「陛下に頼んで警備に追加で騎士を出していただいた。だから安心してくれ」

盛装姿のクラウスは、憂《うれ》いも相まってなんとも言えない艶《つや》を感じさせた。普段から見目麗《うるわ》しい人だが、今日は殊更《ことさら》輝いて見える。

この人と今日結婚するのだが、未だに実感が湧《わ》かない。

それは今日まで天使についての資料を探し続けていたせいもあるが、なにより私にはもったいない人だという思いが強いからだ。

それでも一年間一緒に暮らしてきて、家族だという思いはある。私にとってかけがえのない人だとも。

緊張や不安はあるものの、同時に喜びがあった。

そうして私たちは、大聖堂に到着した。


見上げるように高い天井と、色とりどりのステンドグラス。百年以上前にお金を惜しむことなく建てられた大聖堂は、王都の観光名所として名高い。

今日はその広大な広間に沢山の参列客が並び、私はその中央を一歩一歩慎重に進んでいく。

ベールは私の身長の三倍はあろうかというほど長く、手編みのレースがふんだんに使われている。ベールを持つ貴族の子供たちは、澄まし顔で私の後をついてくる。

クラウスは既《すで》に見届け人である大司教の前に立っていた。参列者の最前列には、国王と王太子であるレオナルドの姿もある。

伯母から命令を受けてあちこちでお見合いをしていた頃は、本当に自分が結婚できるなんて思いもしなかった。

どこへ行っても蔑《さげす》まれる人生で、このまま自分は親の世話をして老いていくのだと思っていた。

私の人生は、信じられないほど大きく変わってしまった。それがいいことなのかどうかは、これから私が生きて年月を重ねることで、答えが出せるのだろう。

祭壇の前にたどり着き、クラウスの隣に並ぶ。伝統により、クラウスの腰には宝石がちりばめられた儀式用の剣が下げられていた。

指輪交換のために用意されたリングピローの上の指輪は、青の貴婦人に揃《そろ》えたのか青い宝石がはまっている。

全ては今日のために用意されたものだ。

大聖堂の中にパイプオルガンの演奏が響き渡る。

クラウスが馬車の中で言っていた通り警戒態勢の中、会場の所々に剣で武装した騎士が立っていた。

　こんなに大勢の貴族が一か所に集まっているところを、初めて見たかもしれない。夜会とは違い、全員が喋《しゃべ》ることもなくじっと座っているのも目新しい。

　参列者の中にはバーバラの姿もある。結婚経験者である彼女には、今日までに色々アドバイスをしてもらい本当に助かった。

　彼女が公爵家に来たばかりの頃より、今の方が何倍も仲良くなれた気がする。

　一方で、過去にひと悶着《もんちゃく》あったビビアンヌを筆頭とする若い令嬢たちからは、鋭い視線が飛んできていた。

　クラウスを慕っている令嬢がいることは分かっているので、こちらは予想の範囲内だ。私が警戒しているのは彼女たちよりも、姿を消しているソフィアが何かしないかということである。

　その出方が予想できない以上、こちらは最大限の警戒をもって事態に当たるしかない。

　手にしていたブーケを用意されたトレイの上に置き、ペンを手に書類に調印する。それが終われぱいよいよ指輪を交換だ。

　指輪をはめる薬指は、心臓に直結する指だと言い伝えられている。指輪を交換することで、互いの心臓を預け合い夫婦の契《ちぎ》りを交わすのだ。

　重要な儀式であるだけに、失敗したらどうしようかと冷や汗が出た。ベールで顔が隠れているおかげで、なんとか立っていられる状態だ。

一方でクラウスは涼しい顔をしていて、人前に立つことに慣れているのだなと感じた。

そして指輪をリングピローから手に取ろうとしたその時、異変は起こった。

小刻みに地面が振動し、参列客の間を戸惑いの声と小さな悲鳴が広がる。

茫然《ぼうぜん》とその様子を見ていると、突然パイプオルガンにも負けない大きな破壊音が響き渡った。

大司教の背後にある巨大なステンドグラスが割れ、翼を持つ生き物が大聖堂に飛び込んできたのだ。

「なんだ⁉」

「おい見ろ！　あれは……っ」

その光景を見た誰もが、驚きのあまり言葉を失った。

大聖堂に飛び込んできたのは、純白の巨大な翼を背に生やしたヘンリーだったのだ。


何がきっかけだったのか。

参列者の中から絹を裂くような悲鳴が響き渡ったのを契機に、大聖堂に集っていた人々はパニック状態に陥《おちい》った。

いつもは澄ましている貴族たちが、椅子《いす》の背もたれを乗り越え我先にその場を逃げ出そうとする。

男性はまだいいが、重いドレスを纏っている女性たちはうずくまったりその場で気を失ったりとそれぞれだ。

警戒に当たっていた騎士たちは、まず国王と王太子のもとに集まり人間の壁を作っていた。彼らにとって最も護《まも》るべきなのは、高貴な王家の血筋なのだから当たり前だ。

私はヘンリーがこちらに近づいてくるのを感じ、咄嗟《とっさ》にトレイに置いてあったブーケを摑《つか》んでしまった。

クラウスが私を庇《かば》おうとしたが、それよりも早くヘンリーよって空中に抱え上げられる。

長いベールが外れ、綺麗に結われていた髪もその衝撃で崩れてしまった。だが今はそれどころではない。ヘンリーが気まぐれを起こして手を離せば、私は地面に叩《たた》きつけられてしまう。確実に無事では済まない高さだ。

衝撃を受けた花束の花弁が宙を舞う。

「アビーを返せ！」

眼下ではいきり立ったクラウスが剣を抜いていた。

細長い剣がステンドグラスのあった場所から差す光で銀色に輝く。祝福のためではなく、緊急事態を知らせるために大聖堂の鐘が激しく鳴り響いた。

「ヘンリー様！」

逃げようとする人波に抗《あらが》って、バーバラがこちらに近づいて来ようとするのが見えた。

「ごめんなさい！　お願いだから帰ってきて」

だが華奢《きやしや》な彼女では、その場に留《とど》まることすら難しい。

「あなたを愛しているの。お願いよ！」

だが逃げようとする人の流れに呑《の》み込まれ、すぐに押し流されてしまった。

悲痛な呼び声だけが耳にこびりつく。

その声を聞いていたら、胸の中に怒《いか》りの感情が湧《わ》き上がってきた。

「どうしてこんなことをなさるのですか」

「え？」

薄ら笑いを浮かべたヘンリーは、明らかに人々が怯《おび》えているのを楽しんでいた。

会場のあちこちから参列した子供の泣き声が木霊《こだま》する。

「何が目的なのかと問うているのです！　私を殺したいのならすればいい。ですが他の人々までこうして徒《いたずら》に傷つける必要などないでしょう！」

ヘンリーは——彼の中のソフィアは自分の存在がどれほど人を混乱に陥《おとしい》れるのか、よくよく理解しているようだった。

一度に大勢の人間が恐慌状態に陥れば、危険な事故が発生し死人が出る可能性があることも。

だからこそ、私を連れ去るでもなくこうしてその様を見物しているのだ。

その邪悪さは、間違いなく悪魔のものだった。

私は激しい怒りを覚えた。

結婚式をぶち壊しにされたこともそうだし、嘘《うそ》をついてメイリンと仲たがいさせようとしたことや、バーバラの身を案じてやってきたヘンリーの体を乗っ取る醜悪《しゅうあく》さに。

もう二度と、ソフィアと暮らした日々は戻らない。

たとえ彼女が再び猫の姿になったとしても、私はもう何も知らなかった頃のように一緒には暮らせない。

幸せな思い出さえ、完膚《かんぷ》なきまでに叩き潰された気がした。

「アビー！」

眼下でクラウスが叫ぶ。

「しっかり掴まっていろ。下手な気は起こすな！」

クラウスは知っているのだ。私にヘンリーを無効化する術《すべ》があることを。だがそれをすれば、私はこの高さから振り落とされるだろう。そうすればただでは済まない。

それでも。

この醜悪な獣《けもの》は、私には許しがたい。

私は手にしたブーケを振り上げた。

バーバラに聞いて彼女が結婚式に用いたそれを参考にしたブーケだ。

そしてブーケをヘンリーの顔に押し当てる。

ヘンリーは訳も分からずもがくが、彼に抱えられている状態の私から、逃げられるはずもない。逃げたければ私を解放するしかないのだ。

バーバラから結婚式の話を聞いた時、私はヘンリーが鼻水まで出して泣いていたという話に、引っ掛かりを覚えた。

感情の起伏を抑えるよう子供の頃から言い聞かせられる貴族が、いくら感極まっているとはいえそこまで取り乱すだろうか。

彼がそれほどまでの醜態をさらしたのは、何か他に理由があったのではないだろうか。

そうしてたどり着いた答えが、特定の植物に対するアレルギーだ。

涙と鼻水を流し、顔を真っ赤にしていたというヘンリー。

ただ単に感極まっているだけのようにも思えるが、私はバーバラの持っていたブーケに反応したのではと考えたのだ。

祖父の書斎で読んだ本で、特定の植物によってヘンリーのような症状を引き起こす病があることを私は知っていた。その症状は、体力の減衰によってより顕著《けんちょ》になる場合があることも。

だからこそ、バーバラのブーケを参考にしたのだ。当時そのブーケの中に、ヘンリーが反応する植物があったのではと想定して。

そしてその予想は当たっていた。

最初は私の目的が分からず戸惑っていた様子のヘンリーだったが、すぐにくしゃみをし始め飛んでいられなくなった。

重力に従ってヘンリーの体が地に落ちる。

地面までほんの一瞬だった。

床は固い石のタイルが敷き詰められている。

私は死を覚悟した。

目をつぶって、せめても恐怖から逃れようとした。死から逃れることはできずとも。

やがて私の体を、大変な衝撃が襲った。

体中が痛み、なぜか燃えるような熱を感じた。

これが死ぬということかと、ぼんやりと思った。

なのに、なぜか熱と痛みはどれだけ待っても引かない。

「アビー！」

その時だ。とても近くに、クラウスの声が聞こえた。

全身の痛みに億劫《おっくう》になりながら、なんとか目を開けた。

クラウスの顔が、目の前にあった。白皙《はくせき》の顔には常にない狼狽《ろうばい》が広がっている。

「アビー返事をしてくれ！」

ここに至ってようやく、私は自分がまだ生きているのだと気が付いた。体を起こすことはできないが、自分の体の下に何か柔らかいものがある。

どうやらこれが地面に叩きつけられるのを防いだらしい。

一体なんだろうかと見てみると、そこにあったのは仰向けになったヘンリーの体だった。

石畳の床には体と共にヘンリーの翼が広がっている。

「どうして……」

それ以上言葉にならなかった。まさかヘンリーに庇われるなんて私は思いもしなかった。

「まったく……手のかかる聖女様ですね」

息も絶え絶えに、ヘンリーが言った。

いや、声こそヘンリーのものだが、喋り方はソフィアのそれだった。

「大人しく奪われていればいいものを」

彼女は天使か、それとも悪魔なのか。

今この瞬間にも、彼女の正体は判断がつかなかった。

白い翼を生やし、人を混乱に陥れた獣。

地面に叩きつけられた上、私を庇ったせいかヘンリーは身動きができないようだった。

私はクラウスを見る。

クラウスも私を見ていた。

彼の目には決意があった。既に覚悟は決まっているのが分かった。

体中の痛みを押して、のろのろとヘンリーの上からどく。

それを見届けたように、クラウスは剣を握る手に力を入れた。

この日のために造らせた、宝飾品にも引けを取らない美しい剣だ。手帳の記述を信じ、その刀身は銀で造られている。

ヘンリーはクラウスの友人だった。大切な新妻を預けたことからも、親交の深さが知れる。

それでも。

クラウスは決着をつけると決めていた。

せめて最期《さいご》だけは、この悪魔から友人の肉体を取り返すつもりだった。

ヘンリーの胸の上に、細い剣の切っ先が向けられる。

するとヘンリーは猛然と抵抗し始めた。

両手で刀身を摑み、手のひらから血を流しながら抵抗する。

「やめろ！　この体の主がどうなってもいいのか」

「分かっている！　だがお前を野放しにはしておけない！」

クラウスが叫ぶ。それはとても辛そうな声音《こわね》だった。

悪魔によって姉を失い、次に自《みずか》らの手で友人を屠《ほふ》らねばならない。なんという過酷な運命だろう。

私は必死の思いで立ち上がり、クラウスの隣に立った。

未だ体は全身が激しく痛んでいる。けれどこの瞬間、クラウスを一人にはしたくなかった。

力を込めすぎて白くなっているクラウスの手に、私の手を重ねた。

「私も一緒に、背負います」

この行動が罪だと言うなら、私も罪人になろう。大司教が言っていた。夫婦とは痛みも喜びも分かち合うものだと。

しかしヘンリーの力は途轍《とてつ》もないもので、私とクラウスがどれだけ力を込めても震える切っ先は体内への侵入を拒んでいた。

言葉にならない攻防が続く。

動きがない中、痛みのためか背中から汗が噴き出していた。

「ヘンリー！」

その時、悲鳴交じりのバーバラの声が聞こえた。

彼女は逃げようとする参列客の波にもまれ、なかなか夫のもとにたどり着くことができずにいた。

その瞬間だ。

刀身を摑むヘンリーの手から抵抗が消えた。

「え？」

それは私の声だったのか、それともクラウスの声だったのか。

抵抗が消失したことにより、銀の剣は難なくヘンリーの体に突き刺さった。その様はまるで、異国で捕らえられた珍しい蝶《ちょう》の標本のようだ。

ヘンリーが呻《うめ》く。

クラウスはすぐさま剣から手を離し、ヘンリーの顔をのぞき込んだ。

「ヘンリーなのか⁉」

ヘンリーが咳《せ》き込み、彼が吐いた血がクラウスの服に飛び散った。

「……すまない。手間を……かけた」

その声は先ほどまでと同じ人物のものであるはずなのに、ひどく穏やかだった。

クラウスの目が驚きに見開かれ、青い目に涙の膜が張る。

「ヘンリー！　お前、どうして……っ」

隣にいると、クラウスの悲しみが伝わってくるようだった。

同時に私も、深い悲しみを感じていた。決して口にはできないが、もうあの灰色の子猫はどこにもいないのだ。

ソフィアとの日々がやけに遠く感じられた。

痩《や》せたヘンリーの手が、クラウスの肩を摑んだ。

「クラウ、ス。バーバラを……頼む」

ヘンリーの手は震えていた。クラウスはその手に自らの手を重ねた。

「無論だ。君の勇気に誓って」

その瞬間、ほっとしたようにヘンリーが無邪気な笑みを見せた。初めて見る、ひどく子供っぽい笑みだった。

「ヘンリー様！　ヘンリー様ぁ」

バーバラがこちらに近づいてくる。

けれどヘンリーにはそれを待つほど長い時間は残されていなかった。

クラウスの肩に置かれた手から力が失われる。

ほとんどの人が逃げ去った後の大聖堂に、バーバラの悲痛な叫びが響き渡った。

エピローグ

結局、私たちの結婚式は騒乱のうちに幕を閉じた。

式次第は滅茶苦茶《めちゃくちゃ》になってしまったが、結婚証明書のサインだけは済んでいたのでなんとか結婚自体は認められた。

こうして私は正式に、アビゲイル・アスガルとなった。

アスガル公爵家の結婚式をにぎわせた大事件は、参列者の中に社会的立場の高い人々が集まっていたため一時は大変な騒ぎとなったが、徒《いたずら》に国民を怯《おび》えさせるのは好ましくないという国王の意向により、後に緘口令《かんこうれい》が出された。

その後出席していた外交官への折衝や大聖堂の修繕事業などを経て、時間の経過により人々はそこで起きたことを少しずつ忘れていった。

いつまでも他家の醜聞にかまけてはいられないということだ。

一方で、病気療養中だったラザフォード侯爵は療養先から失踪《しっそう》し行方不明となった。

侯爵家の財産は王家に接収され、侯爵夫人であるバーバラ・ラザフォードはアスガル公爵家預かりとされた。

全ては何事もなかったように処理され、私たちにも日常が戻ってきた。


「起きなさい。アビゲイル」

聞き慣れた声に起こされ、私は目を開けた。

天蓋《てんがい》のベッドに、既《すで》にクラウスの姿はない。

私を起こしたのは、先日正式に侍女《じじょ》として迎えられたバーバラだ。

彼女は腰に手を当てて、語気を強めた。

「あんまり寝ていると悪魔が来るわよ！」

起きるのを渋っていた私は、バーバラの一言で飛び起きた。

部屋の中にバーバラ以外の人間の姿はない。どうやら担がれたようだ。

バーバラは私の慌《あわ》てぶりを見て、愉快そうにくすくすと笑っていた。

彼女が笑えるようになったのはつい最近のことなので、私は怒ることもできずむしろその笑顔に絆《ほだ》されてしまった。

「あんまり乱暴にはなさらないでくださいね」

洗顔用の水を運んできたメイリンが、バーバラに苦言を呈する。

あまり馬の合わないように見える二人だが、意外なことに同僚としてうまくやっているらしい。

最初に侍女になることを望んだのはバーバラの方だった。私とクラウスはそんなことをしなくとも客人として公爵家に滞在すればいいと言ったのだが、何もせずに余所《よそ》の家に滞在するのはごめんだと彼女は言ってのけたのだ。

バーバラの真意は分からない。もしかしたら隙《すき》を見てヘンリーにとどめを刺した私やクラウスに復讐《ふくしゅう》しようとしているのかもしれないが、私たち夫婦はそれもやむなしと思い受け入れている。

しかし一方で、侯爵夫人として侯爵家の家政を預かっていたバーバラの存在が、私には大変な助けとなった。

そんなバーバラも、結婚時にはヘンリーが周囲の反対を押し切って結婚したため、侯爵家の親族とは折り合いが悪いそうだ。

今回も侯爵家の財産が王家に接収されたことで親族は激怒しており、妻として夫の行方を把握していなかったとしてバーバラを逆恨みしているという。

実家にも帰りたくないらしく、公爵家で暮らすことがバーバラのためにもなっているのだろう。

少なくとも、私はそうであってほしいと願っている。

ヘンリーの遺体は秘密裏《ひみつり》に処理され、真実を知る者はごく少数だ。

あれ以来ソフィアも現れていない。やはり例の銀の剣によってその存在は消滅したのだろう。

父の手帳にどうして亡国の書の内容が記されていたのか、理由は分かっていない。

そちらに関してはスタンフォード家だけでなく母の家系も含め、これからバレーヌ伯爵が調査を進めてくれるという。私はそもそも実家が好きではなく、その上母方の祖父母宅にまで行く勇気はないので正直ありがたい。

二人の手を借りて顔を洗い、身支度を整える。

母の喪が明けたので、今後は毎日黒いドレスというわけにはいかなくなってしまった。

今のところクラウスに作ってもらったドレスを、何度も洗濯して身に着けている状態だ。

それならば早く新しいドレスを沢山作れと周囲には言われるが、一着一着にどれだけ手間暇がかかるか分かるからこそ、簡単に希望を出すこともできなかった。

そもそもアスガル公爵家の財産を好きに使えなどと言われても、そんなことできるはずがない。

なのでバーバラには服と宝飾品の組み合わせを見てもらったりと、その面でも大変頼りになっている。

食堂に向かうと、いつものようにクラウスが新聞を読んでいた。

結婚してからもずっと、朝食は一緒にとっている。

クラウスが忙しい時でも、こうしていれば一日一度は会話ができるので、私たちにとっては大切な時間だ。

「アビー、よく眠れたかい？」

このセリフを聞くと、クラウスはいつまでも私を子供扱いしている気がしてならない。年の差があるので仕方ないのかもしれないが、今度は私の方が早起きして、クラウスに同じ問いかけをしようと思った。

席につくと、いつものようにフルーツと熱い紅茶が用意された。

でも今朝は妙に気分がいいので、フルーツ以外も食べられそうだ。

「私もパンをいただいていいですか？」

そう尋ねると、クラウスはとても嬉《うれ》しそうに頷《うなず》いた。

我が家ではクラウスが朝からとてもよく食べるので、朝は籠《かご》にいっぱいのパンが用意されているのだ。

私はそのうちの一つをお皿に載せてもらい、ジャムをつけて食べた。

ほのかに温かいパンは勿論《もちろん》のこと、新鮮な果実を砂糖で煮たジャムもとてもおいしい。

クラウスが毎朝飽きることなく勧めていた気持ちも分かる。

私がパンを食べている様子を、クラウスはそれは上機嫌そうに見ていた。パンを食べるだけでこんなに喜んでもらえるなら、また食べてもいいなと思った。

「そういえば、ようやく旅行のめどが立ちそうだ」

クラウスが上機嫌だったのは、私の食事情以外にも理由があったらしい。

「本当ですか？」

「ああ。本当に長かった。寂しい思いをさせてすまなかったな」

「いいえ。それにしても、いよいよかと思うと緊張します。私、王都を出るのは初めてなので」

そう口にした瞬間、食堂の空気が凍った。

「初めて……？」

クラウスの声が、驚きのあまり裏返っている。

そんなつもりはなかったので、自分の発言が異常だと分かりしまったと思った。常識がなくて周囲の人を驚かせるのも、最近ではすっかりなくなったと思っていたのに。

気を取り直すように、クラウスが咳《せき》払いをする。

「今回だけじゃない。色々なところに旅行に行こう。今回はそのはじめの一歩だ」

クラウスの優しい声色に元気づけられる。

「本当にそうですね」

たとえどこに行ったって、クラウスと一緒なら楽しいに違いない。彼の傍《そば》だけが、私の居場所なのだから。

あとがき

このたび、シリーズ二作目となる『婚約破棄の十九年後』をお手に取っていただき、ありがとうございます。

一巻に引き続き素敵なイラストを描いてくださったカズアキ様、表紙のウエディングドレスから口絵の喪服まで、魅力的なデザインで描いてくださって本当に眼福です。

並びに出版社、デザイン及び印刷所の方々、書店員さんなど関わってくださった皆様に深くお礼申し上げます。

あとはこの本が無事、読者様のもとに届くようにと祈るだけです。

今回は前回のお話から一年後ということで、アビゲイルもかなり公爵家での生活に順応しています。奥様教育を経て、自信や自覚を持ち始めたばかりです。

そこにやってくる旦那《だんな》様の友人の妻。緊張の対面です。友達になれるといいなと淡い期待を抱いていたのですが、結果は……。

そこからどうなっていくのかは本編をお確かめいただければと。

本編を既《すで》に読了済みの方には、私のつまらない近況でもお伝えしようかなと思います。

最近私の家に新しい家族が加わりまして、それも小さな小さな子猫です。

ソフィアのことを書いている時はまさか、自分が子猫を引き取ることになるとは夢にも思っていませんでした。ですが実際、今私の足元で子猫が転寝《うたたね》をしております。

ブリーダーさんで売り物にできないと判断された子で、近々大きな手術を控えています。どうか、どうか、ソフィアぐらい図太く生き抜いてほしいです。

子猫をお迎えして驚いたのは、先住猫がとても献身的に子猫の面倒を見ることでした。爪切りを嫌がって子猫が鳴けば、文字通り飛んできて鼻をひっつけて大丈夫だよとあやしています。

本当にこいつは猫なのか。実は猫の皮を被った人間なんじゃと疑いたくなるほどです。

心配な気持ちがありつつ、そんな光景に癒《いや》されている今日この頃です。

そんな私も、二〇二四年の十一月でデビュー満十年となりました。ありがとうございます。自分で宣言してお礼していくスタイルです。

十年前はまさか、こんなに長く本を出し続けることができるなんて思っていませんでした。勿論《もちろん》そうなればいいという気持ちはありましたが、難しいだろうというあきらめに似た気持ちがありました。

言い過ぎだとか、なんでそんなに自信がないんだと思われる方もいらっしゃるかもしれませんが、なにせ次々と魅力的な小説を書かれる方がデビューするので、いつ自分の椅子《いす》がなくなるか分からないのがこの業界の怖いところです。

それが何の因果かダッシュエックス様で二巻を出させていただき、あまつさえあとがきを書かせていただいているのですから、本当に人生何が起こるか分かりません。

猫の食費を稼ぐためにも、引き続き精進していきたいと思います。皆様どうぞよろしくお願いいたします。

柏 てん

不器用騎士×堅物侍女の
焦れ恋ストーリー!!
ピュアラブ♥
ド真面目侍女の婚約騒動!★
～無口な騎士団副団長に
実はベタ惚れされてました～
コミカライズ連載中!!!
第1話はこちらから
《漫画》安達ゆる
《原作》柏てん
《キャラクター原案》くろでこ
Dノベルf×ニコニコ漫画
水曜日はまったり
ダッシュエックスコミック

柏てんが紡ぐ
じれ甘ラブ
彼は公爵家の子息で
私 サンドラ 子爵家の娘
それでも私は彼に恋をした
あれからずっと立ち止まってる
結婚適齢期を過ぎもう25歳
いわゆる嫁《い》き遅《おく》れだ
弟の「恋人役」を演じたら——…
お願いっ
僕と恋人になって!
ケネス騎士団長と…
イ…イアン様!?
二人は私とユリウスが姉弟《きょうだい》だと知っているはず
ここでユリウスの姉だと暴露されたら
せっかくの苦労が水の泡になってしまう
まさかの大波乱!?
どうって…?
いったい副団長はどうしたんだろうね?
〈著〉柏てん 〈画〉くろでこ
ド真面目侍女の婚約騒動!2
～無口な騎士団副団長に実はベタ惚れされてました～
Domajime Jijyo no Konyaku soudou!
著 柏てん 画 くろでこ
ド真面目侍女の婚約騒動!
～無口な騎士団副団長に実はベタ惚れされてました～
Domajime Jijyo no Konyaku soudou!
原作小説1～2巻
Dノベルfより
好評発売中!!!!!
著：柏 てん　イラスト：くろでこ
(集英社ダッシュエックスノベルｆ刊)

ダッシュエックスノベルfの既刊

Dash X Novel F 's Previous Publication

『ド真面目侍女の婚約騒動！2 ～無口な騎士団副団長に実はベタ惚れされてました～』

柏てん

イラスト／くろでこ

堅物ヒロインと不器用騎士のジレ甘ラブストーリー第2巻！

一連の婚約騒動の後、職場へ復帰した侍女のサンドラは、恋人で騎士団副団長のイアンから姪・クリシェルの教育係をしてほしいと依頼を受ける。クリシェルは隣国の王子の婚約者候補になったが、わがままで幼い性格のために今まで幾人もの教育係をクビにしてきたそうで…。大好きなイアンをサンドラに奪われたと思っていることもあり、一筋縄ではいかない様子のクリシェル。

しかし、サンドラの誠実で優しい対応によって次第に二人は打ち解け、仲を深めていく。そんなある時、クリシェルの隣国訪問が急遽決定！ イアンが護衛につき、サンドラも同行することに。婚約相手である王子のユーシスと無事に会うことができ、順調に見えた訪問だったが、そこには政情不安な隣国の陰謀が渦巻いていて…。

ダッシュエックスノベルfの既刊
Dash X Novel F 's Previous Publication

『爵位を剥奪された追放令嬢は知っている２』

水十草

イラスト／昌未

愛憎と策略が渦巻く　恋愛×ミステリー、待望の第二弾！

　コーヘッドにやってきたガウェインから、今度の休暇に旅行へ行こうと誘われたアリス。第一王子であるガウェインの兄サイラスと数人の令嬢たちとの見合いをかねた旅行らしく、同行するガウェインは彼女らに関心がないため、アリスに一緒に来てほしいというのだ。行き先は最近観光地として復活したバイウォルズ。興味を引かれたアリスは誘いを受けるが、滞在初日から波乱含みの幕開け。人形のドレスが破かれたり、錯乱状態の男が館に乱入したりと不可解な事件が次々と発生してしまう…！ いくつもの謎を解くべくアリスとガウェインは共に捜査を開始するが、二人の距離もいつの間にか近づいていて…⁉

ダッシュエックスノベルfの既刊

Dノベルf

Dash X Novel F 's Previous Publication

『推し魔王様のバッドエンドを回避するために、本人を買うことにした。』

早瀬黒絵

イラスト／鈴ノ助

「あなたは今日からわたくしのものよ」

公爵令嬢のヴィヴィアンは思い出した。自分は、前世でプレイしていた乙女ゲーム『クローデット』の、ヒロインを虐める悪役令嬢であることを。そして、この世界にはゲームの一周目で死んでしまう“推し”の攻略対象、隠しキャラの魔王様がいることを…。推し魔王様が辿る運命に悲嘆するヴィヴィアンだったが、彼のバッドエンド回避を決意！奴隷にされていた魔王様を購入し、大事に世話をしていく中で、彼は失っていた記憶を取り戻した。侍従となった推しとの愛を深めていくヴィヴィアン。しかし、王太子の婚約者になるよう、王家からしつこく申し出があり——!?「そなたが望むなら、我の全てを与えよう」半吸血鬼の悪役令嬢が推し魔王様を救う、艶美な異世界ラブファンタジー、開幕!!

ダッシュエックスノベルfの既刊

Dash X Novel F 's Previous Publication

『処刑された王妃はもう一度会えた夫を一途に愛する』

宮之みやこ

イラスト／安野メイジ

“愛する彼の妻となるために”
血のにじむような努力で王妃となったシアーラ。

夫となる国王は、幼い頃から慕ってきたクライヴだ。けれどクライヴには厳格な性格を嫌われ、白い結婚が続く。そんなある日、癒しの力を持つ少女ヒカリが現れ、瞬く間に国民やクライヴの心を掴んでいった。寂しさを募らせる中クライヴの暗殺未遂事件が起き、シアーラが容疑者に！斬首直前、犯人はヒカリだと判明するもなすすべもなく処刑された……はずが、ヒカリが来る前に回帰していて!?「私今度こそ、あなたを守ります！」バッドエンド回避のため奔走するやり直し王妃の物語、開幕——！

Dノベルf

婚約破棄の十九年後
～不遇の娘は冷血公爵の心を溶かす～

柏 てん

2025年3月10日　第1刷発行

★定価はカバーに表示してあります

発行者　瓶子吉久
発行所　株式会社　集英社
〒101－8050　東京都千代田区一ツ橋2－5－10
03(3230)6229(編集)
03(3230)6393(販売／書店専用)　03(3230)6080(読者係)
印刷所　株式会社美松堂／中央精版印刷株式会社

ISBN978-4-08-632037-5　C0093

作品のご感想、ファンレターをお待ちしております。

あて先

〒101－8050　東京都千代田区一ツ橋2－5－10
集英社ダッシュエックスノベルf編集部　気付
柏 てん先生／カズアキ先生